舒乙文集

爸爸老舍

舒 乙/著

李劭南/编

北京出版集团

北京出版社

图书在版编目（CIP）数据

爸爸老舍 / 舒乙著；李劼南编. — 北京：北京出版社，2023.2

（舒乙文集）

ISBN 978-7-200-14838-1

Ⅰ．①爸… Ⅱ．①舒… ②李… Ⅲ．①散文集—中国—当代 Ⅳ．① I267

中国版本图书馆 CIP 数据核字（2019）第066075号

舒乙文集

爸爸老舍

BABA LAOSHE

舒乙 著 李劼南 编

出　　版	北京出版集团
	北京出版社
地　　址	北京北三环中路6号
邮　　编	100120
网　　址	www.bph.com.cn
总 发 行	北京出版集团
印　　刷	北京华联印刷有限公司
经　　销	新华书店
开　　本	880毫米×1230毫米　1/32
印　　张	6.875
字　　数	125千字
版　　次	2023年2月第1版
印　　次	2023年2月第1次印刷
书　　号	ISBN 978-7-200-14838-1
定　　价	58.00元

如有印装质量问题，由本社负责调换

质量监督电话　010-58572393

目　录

五把钥匙 ……………………………………… ［ 1 ］

老舍的家谱 …………………………………… ［ 4 ］

老舍早年年谱 ………………………………… ［ 9 ］

顶小顶小的小羊圈 …………………………… ［ 36 ］

一个京城贫儿的辛亥经历 …………………… ［ 40 ］

老舍和贝满女中 ……………………………… ［ 52 ］

老舍在英国 …………………………………… ［ 59 ］

八方风雨四海为家 …………………………… ［ 72 ］

冰火八年间 …………………………………… ［ 81 ］

北碚：我的第二故乡 ………………………… ［ 116 ］

老舍在美国 …………………………………… ［ 121 ］

老舍的1950年 ………………………………… ［ 137 ］

丹柿百花小院 ………………………………… ［ 145 ］

北京——创作的源泉 ………………………… ［ 149 ］

老舍和书的故事 ……………………………… ［ 155 ］

慢慢写，别太快 ……………………………… ［ 162 ］

老舍教子八章……………………………… ［168］

老舍最后的两天……………………………… ［175］

再谈老舍之死……………………………… ［196］

老舍和胡絜青的墓………………………………… ［210］

五把钥匙

老舍是中国现代小说家和戏剧家。

老舍是北京人。

老舍是满族人。

老舍是穷人。

老舍生于19世纪最末一年，死于20世纪中叶，他活了67岁。这个时期，正好是中国历史发生翻天覆地的变化时期，是新旧交替的时期，是出历史巨人的时期。

老舍两次出国，前后达十年之久，一次是在英国和新加坡，另一次是在美国。

以上五点，是了解老舍的五把钥匙，是可以把老舍和别的作家区别开来的特征。老舍作品的体裁、语言、风格都可以由这些特质中找到来源。老舍的文学成就，老舍的性格，乃至老舍的生死也都和这五个特质有密切的关系。

老舍是北京人，这一条决定了他总是写北京城和北京人。北京是世界文化名城，本身有独一无二的神采，可以演绎出无数传奇故事。同时，这一条决定着老舍用北京话写作。众所周知，官话，国语，普通话，都是以北京音为基础的。老舍是北京人，他的北京话地道，他的文章后来往往被当作学中文的范本来念。

老舍是满族人。满族是中华各民族中文化较高的民族。满族做过统治全中国的少数民族。满族全民族，不分地位高低，都享有较好的经济条件和社会地位，有较多的机会从事文化活动。尤其是到了清朝末期，满族成了"熟透了"的民族。连普通的满族成员都个个文武双全，多才多艺，会武术，会吹拉弹唱，会养花种树，会养狗养猫养鸟养蛐蛐，会烹饪也会品尝，懂礼节，有规矩，口才好，懂幽默，有语言天才。一个满族出身的人，一旦当了作家，必有其丰富多彩的修养优势。

老舍是穷人。这一条使他天生地同情穷人，天生地倾向进步和变革，而且有嫉恶如仇和悲天悯人同样发达的性格。他因在八国联军侵华时丧父而自幼便痛恨帝国主义，是爱国主义者，创作了《二马》《四世同堂》等作品。穷人，包括拉车的、妓女、巡警、小商小贩、小职员、小知识分子是他的描写对象，创作了《骆驼祥子》《月牙儿》《我这一辈子》等作品。他的穷人出身使他对人民政权的建立感到狂喜，从而保持了高度旺盛的创作势头，创作了《龙须沟》《茶馆》等作品。

老舍生活在20世纪上半叶，又长时间在国外生活过。

在他身上既有古老中国的传统，又有现代世界意识，像一个站在纵坐标和横坐标交点上的人，他的古文知识和外文知识同样优秀。这样一位作家，不同于古典作家，也不同于当代作家，有他独特的长处。他的格律诗作得很好，颇有唐诗味儿；他的英文话剧也写得好，可以交给美国大学生去直接演出。作为中国文学中的一个高峰，老舍文学经受住了时间的考验，而且能够跨越国界，成为世界文学宝库中的精品，绝非偶然。

除了上面提到的作品之外，《离婚》《微神》《猫城记》《正红旗下》等也是老舍的代表作，都在世界上传播很广，有多种外文译本。

老舍本人也做了大量中外文化交流的事，包括教外国人学汉语，将中国优秀文学作品介绍到世界上去，把自己的小说翻译成外文，等等。老舍认为中国现代文学和现代戏剧绝不弱于世界上的任何人，是强项。老舍自己取得的文学成就便是一个证明。

1995年7月于北京（《中学生文学精读·老舍》
前言，香港三联书店，1996年）

老舍的家谱

老舍先生并没有真正意义上的家谱，因为他是穷人出身。他在自己的文章中多次提到这一点，这应该是事实。

但是，经过调查研究，以历史材料为根据，后人可以替他补做一个简易的家谱，来填补这个空白，也不失为一种补救，对他的身世研究多少有些用处。

家谱的主要依据是老舍先生和胡絜青夫人的婚书。这件实物尚在，保存于北京老舍纪念馆中。该件统一格式的印制单位是"北平市政府社会局"，上贴有四枚印花票，票内有两枚内右区的印章。日期是"中华民国二十年七月二十八日"。婚书上有两位新人、证婚人、介绍人（两位）、主婚人（两位）、家长（两位）的各自签名和印章。结婚仪式地点在西单报子街会贤堂。这份婚书上明确填写了老舍先生的曾祖父母、祖父母、父母的名字。这是一份极其珍贵的史料文献。

和老舍先生"生辰八字"有关的记录还有：

他生于光绪二十四年腊月二十三酉时（相当于1899年2月3日下午5点至7点之间）。

他的出生地点在北京西城区新街口南大街的小羊圈胡同（今小杨家胡同8号），当时属于正红旗驻地，生在北屋的东套间里（今尚存）。

他的血型是B型。

老舍先生有三位结义兄弟（拜把子兄弟），他排老三，老大叫董子菇，老二叫赵水澄，老四叫罗莘田（常培）。结义时间是1922年下半年，地点在天津南开中学。事实上，他们确实是终生好友，亲如手足。

在调查家谱过程中，还有一些有趣的事值得记述。

在辽阳市郊满族聚居区的一个小村里，找到几户姓舒的，他们谈了以下的事情，其中颇为惊人的是：

这个村的人都是一个姓氏的后裔，都是舒穆禄部落的，后来，冠汉姓时，东北音"Xu"（第四声）可以找到四个同音汉字——舒、徐、许、宿，于是这个村的舒穆禄氏后裔现在有姓舒的，有姓徐的，有姓许的，有姓宿的，原来都是同姓的一家人。

据这个村的同族人说，舒穆禄氏原本是有家谱的，可惜均毁于"文革"。"文革"前，他们曾组团到北京去续家谱，找到过老舍先生，而且把老舍那一辈人都续进了家谱。

他们还说，舒穆禄氏中最有名的历史人物是清朝开国元勋之一扬古利。

据老亲戚们说，北京的舒家原本是个大家庭，可惜家庭内讧，导致老舍父亲舒永寿这一支分出来单过。亲人彼此绝了情，从此不再来往，连坟地都是分开的。分裂的顶峰是发生在一次出殡仪式上。一个很有排场的临时殡葬大棚被一把莫名的大火烧得一干二净。显然是内讧到了反目成仇不可调和的地步。从此，舒永寿一个人老老实实当他的"护军"，自己在小羊圈胡同买了一所不成规格的小院，养了九个孩子，活下来五个，老舍是他的幺儿子。

舒永寿1900年8月战死在与八国联军巷战的炮火中。他失踪于西华门外南恒裕粮店附近。后来，家人把他的"生辰八字牌"和一副裤脚带、一双布袜子埋葬在"蓟门烟树"南边新买的一小块私人坟地里，没有归到"蓟门烟树"黄亭子附近舒氏家族的老坟地里。在20世纪70年代末还能找到标有"舒"字的坟地界桩。

老舍先生在他著名小说《月牙儿》里描写的母亲拉着年幼的"我"去西直门外给父亲上坟的场景，实际取材于自己早年和母亲去明光村给自己亡父上坟的记忆。1942年老舍母亲病逝于沦陷的北平，也埋葬于此地。1949年老舍先生由美国回到故乡后，曾来到这里给自己的父亲、母亲上坟。他找到姓侯的看坟人，拜托他们多多照应，还到看坟人的小院里坐了坐，谈话时难过地落了泪。看坟人侯长山的父亲曾被老舍先生当作模特写进《四世同堂》，是一位笔墨不多但很重要的乡下人，在书里叫"常二爷"。30年前，老舍父母的坟头已被平掉，改了菜地。这块坟地紧挨着去八达岭的铁路，在食品冷冻库附近，如今已成了堆货的场地和居民区。

因为舒永寿牺牲时，老舍刚一岁，母亲在老舍的人生中起着非常重要的作用。老舍先生在悼念母亲的文章《我的母亲》中是这么写的："我的真正的教师，把性格传给我的，是我的母亲。母亲不识字，她给我的是生命的教育。"

这位母亲也是穷人，自然也是没有家谱的。

她姓马，是正黄旗人，住在北京北郊北土城的西北角。那里原来只有四户人，有姓马的，有两户姓王的，有姓潘的，大概是属于给黄带子看坟的旗人。

马海亭是老舍母亲的侄子，是老舍先生的表兄。老舍先生在话剧《神拳》（后记）中多次提到他。此人多次作为模特出现在老舍先生小说中，如《正红旗下》的"福海二哥"，成为老舍先生笔下的满族人生动的典型人物。《我这一辈子》的"我"也有马海亭的某些影子。王赋星也是老舍先生的同辈人，是远一点的表兄，但小时候曾住在一起，他的一些事也被写进过《我这一辈子》。马松明一辈子是个农民，他小的时候，当老舍母亲带着小儿子回娘家时，老舍常常和他一起玩。此人识字，记了一辈子日记，日记中多处提到老舍，可惜1980年去世后第二天他的日记被他的后人烧掉。他的弟弟马松亮关于老舍也有一些可用的回忆。

这么看来，家谱实际是关于人的宗族关系记载，是"人书"，对作家的身世来说，尤其有参考价值，有时可以联系他的作品找出有意思的联想头绪来，对深入了解其作品的人物会有相当帮助。因此作家的家谱，就不单单是私人家族的血脉关系了。它变大了，变得更有作用了。

老舍早年年谱

在近年来发表的一系列老舍年谱中，对老舍一九二六年发表《老张的哲学》以后的活动记述得已经越来越详细了，与此相比，对他早年的记述，就显得相当粗略。

要了解和研究一个作家，如果对他在成为作家之前走过的道路所知甚少，大概不会得出称得上是全面和正确的结论。

这份老舍年谱有三个特点：

一、只记述他在当作家之前的活动，而不是整个生平，补前人之所短，又避免重复。

二、汇集了所有近年来老舍早年史料研究成果，公布了重新发现的失散多年的有关材料的题目、出处和内容概要，其中大部分材料是近年来笔者本人调查、收集、研究、考证所得。

三、对已经有一些线索而尚待证实和继续挖掘的史实都由笔者做了列题说明，以期引起更多的注意和进一步的充实。

"老舍是由北京的贫民小胡同中生长起来的作家，浑身上下带着他固有的特点，就像他多次描写过的长在北京城墙砖缝中的小枣树一样，土壤、营养都贫乏到极点，可是它依附在母亲——雄伟古城的胸口上，顽强地硬钻了出来，骄傲地长成了树，从而独树一帜，别具风格，令人赞叹不已。"

这是笔者一九八二年在《谈老舍著作与北京城》一文中写的结束语，我愿拿它当成这篇老舍早年年谱的引子。

一八九九年

二月三日傍晚，诞生在北京西城小羊圈胡同，现门牌小杨家胡同8号。

按阴历，生日是戊戌年十二月二十三日，属狗。时值清朝光绪二十四年。

按虚岁计算方法，生下来为一岁，过年又加一岁，老舍生下七天之后便有两岁，故而在老舍的许多文章中，所述年岁比实年岁龄要大两岁。

满族旗人，属正红旗。

父亲舒永寿，是正红旗的一名低级军官，在皇宫内值勤，他的腰牌上注明："面黄无须。"

母亲娘家姓马，出生在北京德胜门外土城黄亭子的一个农家，是正黄旗人。

老舍的家谱不可考，只知道是满族舒穆禄部的后裔，到他这一辈，是"庆"字辈。哥哥叫"庆瑞"，老舍叫"庆春"。根据《八旗满洲氏族通谱》记载，舒穆禄部里历史上最有名的人物是扬古利，他是清朝的开国元勋之一，他的后代多分布在辽宁省辽阳地区和北京市等地，其中有姓杨、姓徐、姓宿、姓舒的，这后三姓按东北的发音是一个音，只是译成汉文时写法不同。在能找到的留传下来的这四姓满人的残存家谱中，最后一代几乎都是"庆"字辈。

舒家曾经是个大家族，在一次内讧之后，舒永寿这一支分出单过，而且亲戚之间不再来往。到老舍这一辈，来往走动的只有住在城外的老舍母亲的娘家。舒家的坟地也是两处，一处是大家族原有的，在土城黄亭子；另一处是舒永寿这一小支的，在稍南面的明光寺附近。以上这种由大家族中分离出来的情况，使老舍的家谱考证成为困难很大的事情。

生老舍的时候，母亲已经四十一岁。他是"老儿子"。他的上面有三个哥哥和四个姐姐。真正活下来的一共是五位：三个姐姐、一个哥哥和老舍。大姐比老舍大二十一岁，嫁给一位姓佟的满族小官，二姐比老舍大十八岁，嫁给一位姓傅的开过酒馆的买卖人，三姐比老舍大十二岁，嫁给一位姓赵的职员；哥哥舒庆瑞，字子祥，比老舍大七岁，是一位花匠。老舍诞生的时候，大姐、二姐已经出阁。产后母亲因为失血过多而昏了过去，大姐由婆家闻讯赶来，把冻得奄奄一息的小弟弟揣在怀里，搭救了他的生命。

和舒永寿同住的还有老舍的一位守寡的姑姑，一共六口人。

小杨家胡同8号的风貌后来被老舍详细地写进了三部小说：《小人物自述》《四世同堂》《正红旗下》。其中尤以《小人物自述》最为详尽，按照其中的描述恢复老舍诞生地的原貌，包括室内陈设，是不成任何问题的。

舒庆春，字醒痴，又字舍予，老舍是他的笔名。在文学之外的正式场合，他多用"舒舍予"这个名字。在文章署名中，"舍予"最早出现在一九二一年二月，"老舍"最早出现在一九二六年八月。在中国现代作家中，老舍属于笔名较少的作家。"舍予"和"老舍"中的"舍"，他自己念第三声——"shě"，取"舍我""舍吾"的意思。他在三十年代发表的译作中常用夫人的名——"絜青"，也用过混合名字"絜予"。此外，还有个别小说、译文用过"鸿来""非我"这样的笔名。

老舍名字的英文拼法有好几种："Lau Shaw""Lao Shih""Lao She"。"舒庆春"的英文缩写是"C.C.Shu"，"舒舍予"的英文缩写是"S.Y.Shu"。老舍二十年代在英国时用过英文名字"Colin C.Shu"。据日下恒夫的考证，Colin是洗礼名，原意是"人民的胜利"。

老舍写信多用单字"舍"。抗战时给夫人写信用假名"胡春"。

一九〇〇年　一岁

八月，八国联军攻打北京。父亲奉命守卫正阳门，被攻打前门的日军炮火烧伤，沿天安门、西长安街、南长街撤退到西华门附近的南恒裕粮店躲藏起来，后被同是旗兵的母亲娘家的侄子马海亭发现。父亲将因烧伤肿胀脱下的一双布袜子和一副裤脚带托马海亭送回家去报信。战事稍微平息后，家人前去寻找，已不见踪迹。在父亲的衣冠冢中埋葬的是他的生辰八字牌和那双布袜子及裤脚带。从此，老舍一家人的生活完全由母亲一人负担起来，过着穷困的日子。母亲的收入是一个兵士的遗属可以领取的一两半钱饷。此外，哥哥还有一两半钱饷。清朝末年，钱粮已不能按时发放，而且成色和分量越来越不足。母亲只得靠给别人洗衣裳和做活计来养家度日，三姐是她的帮手。母亲的手永远是鲜红微肿的。母亲活到老，穷到老，辛苦到老。她爱整洁，最会吃亏，好客，热心，有求必应。可是，她软中有硬，性格很坚韧，遇到再大的困难，也要从没办法中找出办法来对付。老舍的真正的教师，是把性格传给他的母亲。母亲给他的是生命的教育。

八国联军攻入北京后，老舍的家也遭到洗劫，家中的大黄狗死于敌人的刺刀之下，屋内的木箱被翻了个底朝天，正好扣在老舍的身上，幸亏他在熟睡之中，捡了一条小生命。这些亲身遭遇，后来母亲一再讲给老舍听，在他心中从小埋下一股对外国侵略者强烈的愤恨。

一九〇一年　两岁

一九〇二年　三岁

老舍因为家境寒苦，长得瘦弱，三岁才会走路说话。

一九〇三年　四岁

一九〇四年　五岁

一九〇五年　六岁

一九〇六年　七岁

进一家改良私塾念书。能进私塾念书对老舍来说纯属偶然。是一位叫刘寿绵的大叔介绍他入学并为他提供学费、课本及笔墨。此人是宗人府黄带子的后人，极富有，以行善为乐趣，后来出家当了和尚，法号"宗月"。当时他家住西直门大街。老舍的曾祖母曾为刘宅服务过，侍奉刘大官员夫人去过云南。这两家的后人依然有些来往，虽然地位很悬殊。私塾在离小羊圈胡同半里多路的正觉胡同的一个道士观里。老师姓李，是一位极死板而极有爱心的中年人。入学时念的课本是《地球韵言》和《三字经》。老舍在私塾念到一九〇八年。

一九〇七年　八岁

家中为娶嫂子将坟地典当出手。

一九〇八年　九岁

转入京师公立第二两等小学堂，插入初小三年级。这个小学位于西直门大街上，路南，在高井胡同对面。校长是景佑臣，教员中李笃斋讲解《诗经》甚清晰，李丹六教国文算术。高小二年级后罗莘田（常培）入学，同班，成为终生好友。放学后，两人常常一起到小茶馆听评书《小五义》《施公案》和相声，往往都是罗莘田掏钱。两人的性格禀赋却有很大差别。罗莘田后来是这样描述当年的老舍的："一个小秃儿，天生洒脱，豪放，有劲，把力量蕴蓄在里面而不轻易表现出来，被老师打断了教鞭，疼得眼泪在眼睛里乱转，也不肯掉下一滴泪珠或讨半句饶。"第二两等小学堂辛亥革命后改为女校，老舍的母亲曾在女校里当工友，替住在学校里的一位姓韩的女老师打扫房间和做饭买菜。一九一三年至一九一九年胡絜青是这个女校的学生。

一九〇九年　十岁

一九一〇年　十一岁

一九一一年　十二岁

八月间，革命军起义于武昌，时局动乱，公立第二两等小学堂停课。

一九一二年　十三岁

旧历正月十二三日，曹锟兵变，焚烧掠抢，百姓罹灾。这个事后来在老舍的小说《我这一辈子》中有过详细的描述。

时局略定后，督学局改组为京师学务局，公立第二两等小学堂改为第四女子学校，原有男生并入南草厂小学，即第十三小学。老舍转到这里念小学六年级。功课有国文、历史、地理、笔算、珠算、体操、唱歌、手工等。老舍对功课并不能一视同仁，不大喜欢算术和图画，而偏爱国文。学校西面有菜园子，供学生学种植。上午三节课，下午三节课，中午休息两个小时。教室是三间一通连，北房。当时老舍梳大松辫，冬天穿长棉袄。这个小学是复式制，同一教室中一半是六年级生，另一半是低年级生，上下相差四年。孙景瑶老师曾要老舍替他代课，教低年级，包括体操课在内。老舍气派很好，说话幽默，小同学都欢迎他。他的作文常受到老师的夸奖。年底毕业。

一九一三年　十四岁

一月考入京师第三中学，编在第四班。同学中有罗莘田、董鲁安和胡絜青的二哥胡奎泽。当时老舍以能演说出名，演说时来听的人很多，思路新颖，口才非常好。

五月，三姐出嫁。六月，老舍考上了北京师范学校。这是一个一切费用（包括制服、饭食、书籍、宿处）都免费供给的学校。只在考上师范之后，他才把自己愿意升学的打算告诉母亲。因为他知道，小学毕业之后他应该去学手艺，或者去做小买卖，正像亲友们希望他做的那样，好帮母亲忙，减轻母亲的辛劳困苦。

入学，要交十元钱的保证金，这对老舍家来说也是一笔巨款。母亲忙了半个月，嫂子把结婚时陪嫁的两口木箱子变卖给了打小鼓的。

报考一千余人，录取五十人。同学中京外各县之人居多，北京人占少部分。北师的学制是预科一年、本科四年。

老舍这一届编为第四期。根据《北平师范学校一览》（中华民国十九年十月版）记载：前面三期为京师第一师范学堂遗留下来的学生。一九一二年六月，该校改组为北京师范学校，隶属教育部，并接收西城丰盛胡同满蒙学堂的房屋器具及第一师范的图书仪器。校长是夏锡祺。实际上，本年六月招考的五十名预科生才是北京师范学校的真正的第一届学生，不论是教学制度、师资力量，还是学生质量都大大优于前三期，故而在习惯上老舍这一届学生往往被称为北师真正的第一届毕业生。

北师是一个新型学堂，是"洋学堂"，课堂设置、学时分布都效仿西方或日本师范学校的规矩，在自然学科方面讲授最新的科学成果。五年里讲授的功课很全面，上至社会学、心理学，下至音乐、绘画，多达数十门。当时聘请的老师多是学术水平相当高的教师，以留日留美学生居多，其中不乏全国最知名的学者和大学教授。

老舍考入北师后，一直住校，不再住在家里。

秋天姑母去世。

一九一四年　十五岁

入本科一年级学习。

五月，全体学生参加北京教育运动会，徒手操、球杆体操均得第一，枪操得第二。体育老师兼学监俞飞鹏先生是学生们最喜欢的老师之一。音乐老师张秀山也是学生们爱戴的老师。老舍曾是乐队的鼓手和号手。

十一月，教育部派方还（唯一）先生为校长，他是江南文坛巨匠。方还先生治校严谨，爱学生如亲子。他对老舍很器重，指点教诲甚频，给了他很大影响。老舍说："我十六七岁练习古文旧诗受益于他老先生者最大。"

国文教员是词学权威宗子威先生。教旧诗词和骈文写作的是莲池书院的李广德先生。他们的课也使老舍受益匪浅。

此时，老舍在作文方面渐渐显露出出众的才能。他在演讲比赛中十回有九回夺魁。

一九一五年　十六岁

入本科二年级学习。

四月，迁校，以祖家街西的端王府夹道的两等工业学校旧址为本校校舍。

一九一六年　十七岁

入本科三年级学习。

十月，赴汤山演习军训野操，实弹射击，留有照片。

一九一七年　十八岁

入本科四年级学习。

二月，方还先生调任北京女子师范学校校长，由本校教动物、植物、矿物学的老师陆鋆（广侯）先生继任。方校长离校前曾赠横幅给老舍，大意是：在所教过的众多学生中，没有遇见过庆春这样出众的学生。方还先生死于一九三二年，临死前曾为老舍书写条幅："四世传经是谓通德，一门训善惟以永年。"老舍后来总是把它挂在最显眼的地方。为了纪念方、陆两位校长，一九三七年春老舍这一班校友曾赠给母校两座石碑，正面刻"校长方唯一先生纪念""校长陆广侯先生纪念"，侧面刻着舒庆春等三十三人的名字。这两座石碑的主体在失散多年后于一九八四年被后人发现，目前安置在"老舍故居"院内。三月，本校改归京师学务局管辖。

四月二十八日至五月一日，和同学一起游长城、明陵、南口。

十一月，赴西山举行野操。

一九一八年　十九岁

五月，本科四年级生赴天津、保定参观。

毕业前老舍曾在西斜街红庙小学实习，此校是北师附属小学。

六月，老舍以品学兼优的成绩在北师毕业。

七月十八日，老舍被派往位于方家胡同的京师第十七高等及国民小学当校长。同他一起前往该校的还有南式容、肖祖泽、程振山、张文廉、周宝敬等五位同班同学。在此之前在第十七小学任教的多是一中的毕业生，老舍等人的到任实际上是一次大换班。

第四期学生是北师历届毕业生中成就最大的一班。后来同班同学关桐华等人考上公费留学日本。王维藩、杨金垚、祁森焕先后当了北师校长。不少人后来成为大学教授，还有的当了驻外公使、将军、北京教育局局长。这一班同学之间也始终保持着密切的来往。南式容解放后当了老舍的私人秘书。

北师的第五期学生（一九二〇年毕业，隔一年）中也有两位和老舍始终有密切交往的同学，一位是白镇瀛（涤洲、荻舟），另一位是王焕斗（向辰、老向）。

老向一九四七年在给《北师历届毕业同学录》写的序言中曾写道："抗战时期，在重庆，和舒学长舍予住在一起的时间较长，在精神极端紧张的时候，只有谈同学的情况最为愉快，他割治盲肠，在病床上痛苦地发出癔语，竟把许多同学们的绰号，一连串地背诵着，别人莫名其妙，我却感动得流泪。"

现在收集到的同学的绰号有："小白炉子"（卢榕林）、"周宝秃子"（周宝敬）、"方大肚子"（方清霖）、"范烧饼"（范秉礼）、"祁不逗儿"（祁伯文）、"闪电手"、"电话西局"等等。老舍的绰号是"大将""小蝎子"。

告别北师之后，老舍担起了供养母亲和哥哥嫂子全家的担子。为家务所累，老舍没能上大学。

当时老舍住在方家胡同第十七小学里,大门东侧有三间平房是校长室。小学的旁边是京师图书馆,老舍常到那里去借书看。

一九一九年　二十岁

二月,京师学务局局长张仲苏派遣四位优秀的小学校长赴江苏上海一带考察教育。他们是王爷佛堂女校校长荣英(茂之)、梁家园小学校长刘耀曾(北巡)、鲍家街小学校长王峰(静山)和舒庆春。此外,在北师附小二部教书的卢榕林(松庵)得到陆广侯校长的特许也参加了这次视察。为期一个月。刘、舒、卢是北师的同班同学,王是北师第三期毕业生。他们先后参观了二十九个学校,到过南京、上海、吴县、无锡等地。回京后荣、刘、王、舒四人集体写了一份详细的《参观苏省小学教育报告》,重点记述了十二所学校,它们是:南京高等师范、江苏省立第四师范、第一女子师范、第二师范、第三师范、无锡县立女子师范等六个学校的附属小学;上海职业学校;上海尚公小学;上海清心实业学校;吴县英华女学校;无锡乙种实业学校;江宁高等小学附设洒扫小学。这份报告发表在《京师学务局教育行政月刊》第一卷第三号、第四号和第五号上(一九二〇年十二月至次年四月)。

四月,北师开校友大会。

五月,爆发五四运动,老舍没有直接参加,但是,五四运动给了他很大影响。老舍说:"没有五四运动,我不可能变成作家，五四运动给我创造了当作家的条件。"五四运动的反帝反封建性质，给了老舍新的思想；"五四"作为新文化运动，又给了老舍新的文学语言。老舍拼命地练习写白话文和新诗，不知道费了多少纸，这些习作几乎全未保留下来。北师校友隋树森先生曾见过老舍当时在北师校刊上发表的新诗，内容是怀念北师校园生活的，这可能是那一时期习作中见诸报刊的早期代表，这一点还有待查找证实。

一九二〇年　二十一岁

一月，北京教职员组织公会，发起人是马叙伦、沈士远、沈尹默等，这是我国现代知识阶层团结的一次较早的尝试。公会采取委员会制，设委员三十三人。由小学、中学及专门以上学校三部分会员各推举出十一人为委员会执行委员。委员会于大会时用无记名投票法选举。本月二十五日老舍以二百一十六票当选为小学部委员，名列第五。可以说，老舍的此次当选是对他治校成绩的一次民意测验，老舍靠自己的努力已在北京小学教育界崭露头角。（摘自《晨报》，一九二〇年一月十七日，二十六日）

九月三十日，京师学务局第九号委任令调派老舍充任郊外北区劝学员。同日还调第四小学校长万华为京师劝学员长，调第三小学校长赵崇华为郊外西区劝学员。第十七小学校长由刚毕业的白镇瀛接任。

清朝督学局原设有京师劝学所，民国后改为京师劝学办公室（类似教育局），设劝学员长一人和劝学员四人，劝学员长掌管京师内外城，劝学员分管郊外四区，一区一人，其职权是掌理地方设学事务，凡地方设立学校及私人设立学校，均归其视察，转呈学务局注册，经费由学务局就京师教育费项下拨给。京师劝学办公室在东铁匠胡同。

郊外北区（北郊）劝学事务所设在德胜门外关厢路东华严寺内。后来，迁至路西。

（北郊）劝学员管辖区域包括西直门外、德胜门外、安定门外、东直门外的大片区域。

劝学员当时月薪一百多元。这是一个事情不太多而待遇优厚的职务。老舍的同学们和朋友们都非常羡慕他，因为，当时小学校长的月薪是四十元，小学教员的月薪是二十五元，工役的月薪是六元，相比之下，劝学员是个肥差。

老舍离开第十七小学时曾留下一座治校石碑，八十年代翻修方家胡同小学时没有保存好，目前下落不明。

到北郊劝学事务所就任后，老舍住在翊教寺胡同的公寓里，离自己的母校极近。

十二月四日，京师学务局第一〇三号训令改派老舍和万华两人为教育部通俗教育研究会会员。

通俗教育研究会设立于一九一三年，章程是一九一五年七月通过的。研究会的研究事项分为三股：一小说，二戏曲，三讲演。当时老舍分在讲演股。鲁迅先生一九一五年至一九一六年初曾主持过小说股。

十二月六日，讲演股举行第九十五次股员会，老舍首次参加会议。当时讲演股的主要任务是：一、收集、审核、编辑讲演参考用书；二、审核取缔有害风俗画报、画片；三、举办女子讲演；四、调查民俗；五、对饥儿收容所进行临时教育等。

老舍同时就任京师公立北郊通俗讲演所所长和京师北郊公立讲演所所长。讲演所和附设的阅报处设在劝学员事务所旁边。这种讲演，按规定，除星期一休息外，每天都要进行，不论听众多少，一律风雨无阻，按时开讲。对演讲员来说，不重复地每日讲演无疑是一种绝好的口才锻炼。除所长外，一般另配备一名助手，老舍的助手是朱向辰。

老舍就任北郊劝学员后发现东坝镇国民学校被奸商韩兆祥破坏查封，便立即打报告要求严惩奸民，设法维持学务。与此同时，老舍还打报告要求解散非法成立的私塾十七处。

从当时的《京师学务局教育行政月刊》的汇集出版公告中可以看出老舍是劝学员中办事最认真最积极的一个，以他呈递的报告和复文为最多。这种情况，几乎从一开始，就使他和地方上的腐朽势力处于尖锐的对立之中。老舍还发现他的上级并不总是秉公办事的，使他的处境很困难。在苦闷之中，他学会了赌牌、唱戏和喝酒。他常常熬夜，身体日益受损。

一九二一年　二十二岁

年初，老舍投稿日本广岛高等师范留日学生主办的中文刊物《海外新声》。《海外新声》第一卷第一、二期分别发表署名"舍予"的来稿——小说《她的失败》和新诗《海外新声》。这是目前发现最早的老舍的白话文小说和新诗。新诗的来稿日期是一九二一年二月五日。当时，北师的同班同学屈振骞、杨金垚、关桐华、祁森焕都正在广岛高等师范留学。《海外新声》的编辑兼发行便是这些留日学生组成的"中华留广新声社"。国内总代售处设在翊教寺的北师附小第二部，负责人是卢榕林。

四月，老舍终于病倒，昏迷不醒，母亲请"太医"诊治。病好后，头发全都脱落。到西山卧佛寺去静养了一个短时期。对这次病的起因，老舍在一九三八年写的《小型的复活》（自传的一章）中有过分析，其中心理上的压力是由于抗婚而与母亲有了隔阂和矛盾。

病后，老舍决定重新安排自己的生活，他不愿意走仕途之路，也不愿意在劣势力中敷衍，更不愿意虚度年华，他宁愿和天真的孩子们在一起，做些实实在在改造社会的事情。

他搬到京师儿童图书馆去居住。它是京师学务局设立的，由老舍兼任其管理，卢榕林负责具体的业务并每星期给儿童做一次科学实验。老舍借住在儿童图书馆的西屋里，南屋便是儿童借览图书的地方。儿童图书馆的所在地在西直门大街上，路南，原系刘寿绵的马厩，正对刘宅大门。

刘寿绵当时在自己的住宅的西跨院办了"贫儿学校"和"地方中学"，聘请罗莘田、童布、卢榕林和老舍做义务教员。在此期间老舍常帮刘寿绵做些慈善事业，来往比较密切。也正是在这个时期前后，老舍对刘寿绵的大女儿产生了爱恋之情。一九三三年老舍曾以这段初恋为素材，创作了他自己最喜欢的短篇小说《微神》。

老舍报名参加缸瓦市基督教堂举办的英文夜校。由英国伦敦大学神学院毕业刚回国的宝广林（乐山）在该教堂主持教会事务并在附属英文夜校教书。老舍和他结为好友，在他的影响下，老舍开始投身于宗教的改革和地方服务事业。

老舍开始学习拳术、剑术。

五月十四、十五日，举行北京小学联合运动会，成立宣传部，散发了由美术学校颜伯龙插图、老舍编辑说明的《舞剑图》。

暑假期间，老舍组织京师私立小学教员夏期国语补习会，自任经理。吸收私立小学教员四十七人补习国音、国语文法和国语教授法，为期两星期。老舍为此事于七月二十七日写了一篇《纪事弁言》，发表在《京师学务局教育行政月刊》第二卷第四期上。

夏，西城地方服务团（北京地方服务团是一九一八年由蔡元培等人发起的，其主要活动是办平民教育、劳工救济、冬季赈济等等。西城地方服务团成立于一九二〇年冬，设在缸瓦市基督教堂内）附设高等小学及国民学校，聘请老舍主持校务。它的办学宗旨是"以平民精神陶冶儿童的心，以勤劳主义锻炼儿童的身，以自学主义发展儿童的脑"。学生以西北城的贫儿为主，学校不收学费，儿童用品一律由学校发给。高小课程有国文、算术、理科、历史、地理，均采用中华的新教材，国民小学课程有国语、修身、算术，均采用商务新教材。课外作业有木工练习、烹饪实习、课外游艺等。学校职员一共八名。宝广林任校长兼卫生股，老舍负责教务兼修身、唱歌。

老舍结识了常到缸瓦市福音堂来的许地山先生。

九月，老舍以北郊劝学员的身份写报告请求学务局支持北郊马甸清真教长在清真寺内兴办公立国民学校，获准，此校今日仍然存在。

是年，宝广林组织了一个"率真会"，有老舍、白涤洲、李在中、卢榕林、白葆琨、赵希孟等十余人参加，是一种联谊会性质，经常聚会漫谈，讨论国家前途。

一九二二年　二十三岁

老舍由京师儿童图书馆迁至西城地方服务团附设小学里居住。

上半年，老舍在缸瓦市基督教堂领受洗礼，成为一名正式的教徒。当时，中国籍教徒正在酝酿将缸瓦市伦敦会改建为中华教会，由英国传教士手中将教会接管过来，实行华人自办，这项计划对老舍有很大的吸引力，他的入教，使他能取得合法身份，直接插手制定章程和移交会产。

七月，由老舍起草北京缸瓦市中华基督教会现行规约草案。规约于本年底被通过并付诸实施。

由于和北郊劣绅无法共事，老舍愤然主动辞去北郊劝学员职务。这么做，使他在经济上蒙受了很大损失，但他甘愿如此。他决定接受天津南开中学的聘请去教中学国文。九月二十二日，京师学务局批准他辞职。老舍此举很不寻常，在有案可查的同一时期的教育界记事中找不到第二例。与此同时，老舍不再是通俗教育研究会的会员。

在本年底出版的《通俗教育丛刊》第十七辑上，开始出现"京师学务局"署名的讲稿，此类讲稿在第十八辑中达到高潮。根据各种迹象判断，所刊七篇讲稿很有可能是老舍的早期作品，其中尤以《根本》等篇为精，而且符合老舍的经验阅历。当时，京师学务局派往通俗教育研究会的会员只有老舍、万华两人，并在讲演股工作，其中仅老舍身兼讲演所所长的职务。他的优秀讲稿发表在《通俗教育丛刊》上可能是很自然的事。他的此类讲稿，据他的同代人回忆，在当时的其他教育杂志上也曾刊登过，这一点也还有待挖掘证实。

九月四日，天津南开学校中学部开学，老舍到校任课，教初中国文，兼初二年级七班的辅助员。月薪五十元。他的前任是罗莘田，罗回北京一中任教，其空缺由老舍替补。当时，赵水澄、董子茹都在南开教书，四人结为把兄弟，依年龄大小排列，其顺序为董、赵、舒、罗。

十月十日，老舍在大中学全体师生大会上发表演说，说要背负起破坏旧制度和创建新秩序两个十字架。

十月十三日，老舍被推为南开学校出版委员会委员。

同月，中学部青年会童子部举行第四季度会，老舍登台表演相声。

十一月十三日，中学部汉文演说会成立，校长张伯苓和老舍等人被聘为顾问，老舍被推为每周举行一次的公开讲演比赛的评判员。

在南开中学部，老舍曾任青年会长更会的主领和查经班的主讲。

在十二月出版的《生命》月刊第三卷第四期上，老舍发表第一篇译作——《基督教的大同主义》，原著者是宝广林。

一九二三年　二十四岁

一月，老舍在《南开季刊》第二、三期合刊号上发表短篇小说习作《小铃儿》，署名舍予。

二月，学期结束，老舍辞去南开教职，回北京，在顾孟余主持的北京教育会做文书，他当时就住在北长街雷神庙教育会内。在闲暇时间他经燕京大学神学院易文思（艾温士）（Robert Kenneth Evens）教授介绍曾在燕京大学旁听英文。

四月，北京基督教联合会改组，宝广林任会长。五月，成立主日学委员会，调查北京主日学状况。老舍对主日学的改造极为重视，他希望把主日学由神学中解放出来，变成给儿童真知识和高尚情操的有趣课堂。他连续在《真理周刊》杂志第十六、十七、十八、二十一期上发表长文《儿童主日学与儿童礼拜设施之商榷》。署名舒舍予。他按照自己的见解开始对缸瓦市中华基督教会的主日学进行改组，分成人班、青年班、儿童班、入教预备班等十五班，老舍担任总干事。他亲自负责儿童主日学的教务。现在还流传下来一首当年老舍在主日学中教给孩子们唱的歌：

先生好比是太阳，
我们地球围着它转，
弟弟好比是月亮，
它又围着我们转。
只因走到一直线，
也莫打鼓且莫要打锣，
听它慢慢地转。

用这样的歌代替圣歌，是对老舍式的儿童主日学的一个极好的注解。

夏，老舍参加过山海关、沈阳耶稣青年团夏令营活动。

八月，罗莘田做了北京一中的代理校长，罗聘请老舍到一中去教国文、修身和音乐。老舍在一中教过《古文观止》，讲解过骈文。他的白话文课尤其受到学生们的欢迎。他的修身课一不说道德二不讲仁义，而是拿"社会学"和"社会问题"当课本。他在音乐课上教唱过昆

1923年5月赠给北师同班好友关实之的半身像

曲。此时老舍的月薪仍是四十多元,不及劝学员时的三分之一。

与此同时,老舍在灯市口地方服务团兼职,做服务团的专职干事。灯市口地方服务团位于灯市口公理会大门之外,临街。他的助手是朱德普。灯市口地方服务团的主要任务是办女工厂、办灾害赈救、举行定期卫生讲演及大游行、种牛痘等等。

值得一提的是,缸瓦市中华教会与灯市口公理会两处的主要负责人和当时的革命者有相当密切的联系,宝广林先生在砖塔胡同的住宅曾是革命者的秘密据点。在老舍离开这两处教会去英国之后,在一九二六年的北方大搜捕之中,缸瓦市福音堂和宝广林先生住宅曾遭到搜查,革命党人包仲容(养浩)在教堂被捕,被奉系军阀处死,解放后被追认为烈士,宝广林先生受通缉,在教友马炳南先生掩护下逃往上海。公理会的彭锦章先生、全绍武先生被捕。这是一段鲜为人知的史实,很值得进一步披露和研究。

十月十二日,唯爱会在公理会附堂开会,由宝广林主持,推举吴雷川为会长,老舍为书记。唯爱会是第一次世界大战时在英国成立的一个世界性反战和平组织,后传入中国。

一九二四年 二十五岁

继续做灯市口地方服务团干事、一中国文教员和缸瓦市中华教会主日学主任。

在《中华基督教会年鉴》第七期上（五月份出版）发表长文《北京缸瓦市伦敦会改建中华教会经过纪略》，署名舒舍予。

据中华教会牧师回忆，老舍还发表过叫作《儿童主日学一年工作总结》的文章，这是他的儿童主日学主张一年来的实践总结，此文也有待收集证实。

夏，经宝广林、易文思推荐，老舍应英国伦敦大学东方学院之聘，赴英任教古文和官话的讲师。伦敦大学东方学院委托的驻京代表林·伍德小姐和老舍签署了五年赴英教学的合同。林·伍德当时是伦敦会驻京办事处负责人兼礼路胡同的萃贞女校校长。合同规定：老舍年薪二百五十镑，按月支付，校长可以根据学生的要求安排课程和次数，讲课时间每周最多二十小时，从一九二四年八月一日起有效。

九月，老舍经上海、新加坡乘轮船抵达伦敦。易文思教授到伦敦车站迎接老舍，并已为他租好房间，和已在伦敦的许地山同住，地点在巴尼特区卡纳旺街十八号。

东方学院每年有三个学期：十月初至十二月中、一月中至三月下、四月下至七月初。其余时间为假期，累计约五个月，可以用来写作。

东方学院有五个大的学系，各有一名教授，有十七大类讲座，开设三十五门课。在华语学系中，布鲁斯是教授，爱德兹（Edwards）小姐和老舍是讲师。老舍开的课是：古文、说官话、翻译、历史、道教和佛经、作文。古文以四书为主。学古文和官话的学生有四十多名，女生占四分之一。东方学院的图书馆位在花园之中，可容纳六百五十余人，藏书丰富，非常安静，是写作的好地方。

一九二五年　二十六岁

老舍在课余时间开始写小说，用了一年的时间完成了长篇小说《老张的哲学》。小说写在三便士一本的小学生笔记本上。

老舍搬到荷兰公园詹姆斯广场三十一大街，和克里门特·艾支顿合租一套房子。老舍出房钱，艾支顿管饭。艾支顿当时正在翻译中国古典名著《金瓶梅》，他请老舍与他合作。后来，老舍回国之后，一九三九年《金瓶梅》英文本在英国出版，在扉页上艾支顿写道："在我开始翻译时，舒庆春先生是东方学院的华语讲师，没有他不懈而慷慨的帮助，我永远也不敢进行这项工作。我将永远感谢他。"

一九二六年　二十七岁

上海《小说月报》第十七卷第七号开始连载《老张的哲学》，署名舒庆春，由第八号（八月份）改署老舍，至十二月的十二号载完。从此，老舍开始了作家的写作生涯。

附：老舍四十岁自拟小传

舒舍予，字老舍，现年四十岁，面黄无须，生于北平。三岁失怙，可谓无父。志学之年，帝王不存，可谓无君。无父无君，特别孝爱老母，布尔乔亚之仁未能一扫空也。幼读三百千，不求甚解。继学师范，遂奠教书匠之基。及壮，糊口四方，教书为业，甚难发财；每购奖券，以得末彩为荣，示甘于寒贱也。二十七岁，发愤著书，科学、哲学无所懂，故写小说，博大家一笑，没什么了不得。三十四岁结婚，今已有一女一男，均狡猾可喜。闲时喜养花，不得其法，每每有叶无花，亦不忍弃。书无所不读，全无所获，并不着急。教书作事，均甚认真，往往吃亏，亦不后悔。如是而已，再活四十年也许能有点出息！

著有：《老张的哲学》《赵子曰》《二马》《小坡的生日》《猫城记》《离婚》《赶集》《牛天赐传》《樱海集》《蛤藻集》《骆驼祥子》《火车集》，皆小说也。当继续再写八本，凑成二十本，可以搁笔矣。散碎文字，随写随扔，偶搜汇成集，如《老舍幽默诗文集》，及《老牛破车》，亦不重视之。

（原载一九三八年《宇宙风》第六十期）

顶小顶小的小羊圈

　　进入80年代以后，小羊圈胡同突然变得赫赫有名了。恐怕总有数以亿计的人知道了它的名字。可是小羊圈的老居民们说什么也想象不出，就凭这么个不起眼的地方，竟会有这么多的故事。

　　如今，小羊圈改叫小杨家胡同了。它的西口在北京西城新街口南大街上。单看外表，小杨家胡同的确没有什么值得夸耀的地方。它是那么狭小、简陋，以至从它前面路过时，稍不注意，就会忽略它。小杨家胡同真是小，入口处只有一米多宽，除了自行车，别的车辆大概永远不用打算进去。胡同小还不算，它还不直，进了胡同走二十几步就碰墙，连着拐几个90度的硬弯之后，才能看到一个豁然开朗的小空场。小空场周围分布着七八户人家。过了小空场又是一个马蜂腰，细而直地往北伸去。到了最北头有一个更大的葫芦肚儿，它的东面便是有名的护国寺的西廊之下了。

19世纪末20世纪初，这里是下等人居住的地方。那时，隔不久，小空场的两棵大槐树下，就有一次集市，集市一过相当安静。夏天，槐树上垂丝而下的绿槐虫在微风中打着秋千，偶尔招来一两个孩子，观看它们的吐丝表演。冬天，寒冷的北风卷着枯叶败草呼啸而过，往每家窗台上送几堆灰褐色细土面儿摞起来的小包包。空场之中，难得看见几个人影。

就在一个最冷的冬日的黄昏，在小羊圈最靠东南角的一个小院里（现在是小杨家胡同8号），诞生了一个小男孩。这个刚到人世的小生命是那么弱小，又是那么的丑，他一声也没有吭，大人们全忙着抢救他的母亲。年过40的母亲因为失血过多昏了过去。要不是出了阁的大姐及时赶到，把他抱在怀里温暖着，这个小生命也许就会在寒冷和忙乱中结束掉。大姐一边喊着妈妈，一边把眼泪洒在了小弟弟的小脸上。这苦涩的泪便是他的人生洗礼。

这位诞生在小羊圈的小男孩就是日后的写北京生活而著称的作家——老舍。当时家人为他起了一个相当喜庆的名字——庆春，表示庆祝早春到来的意思。

14岁以前，舒庆春一直住在小羊圈。他早年丧父，母亲没有奶水，靠往糨子里加一点糕干把他喂大。母亲百般无奈中，常把没有血色的脸贴在他的小脸上，连连吻着他说："你不会投生到个好地方去吗？"母亲和小姐姐一天到晚忙着替人家做活洗衣服。孤独、寂寞和清苦伴随着他的整个童年，小羊圈和小羊圈东南角上的那个小院子便是他唯一的活动场所。院外的大槐树，院内的石榴树和歪歪扭扭的枣树是他不会说话的好伙伴。他没有玩具，南屋里翻出来的染了红颜色的羊拐子和几个磕泥饽饽的模子成了他仅有的宝贝。小羊圈的一草一木一砖一瓦都成了他生命的一部分，深深地融进他的血液里，以至多少年后，无论在哪里，只要一闭眼，小羊圈和那个小院子就真真地回到眼前。他脑子里从来没出现过紫禁城高大的红墙和整齐的宫殿，代替它们的永远是小羊圈里的破门楼、石榴树和垂丝而下的槐树虫！他永远也忘不了贫苦的童年和可敬可爱而又可怜的亲人。

老舍成了作家以后，曾三次大规模地把小羊圈和诞生了他的小院子写进自己的小说。最早的一次是1937年，小说叫《小人物自述》；第二次是1944年，小说叫《四世同堂》；第三次是1962年，小说叫《正红旗下》。老舍把小羊圈当作小说的地理背景和活动舞台，演出一幕又一幕20世纪上半叶苦难中国的悲壮史剧。

这三部小说都是被公认的老舍先生杰出的作品。这也许出于巧合，也许完全是必然。因为，若换一种幼年生活，很难想象小羊圈是否还会在作家老舍笔下出现。

追忆往事常常能写成好小说。正如老舍先生自己所说："我们所最熟悉的社会和地方，不管是多么平凡，总是最亲切的。亲切，所以产生好的作品。"

小羊圈和那所小院子里的一切，包括每一间房屋的陈设，在老舍作品里都有详尽的描述。一个胆瓶或一口水缸，放在什么位置是什么样子都有确切交代。也许有一天，作为高层次的一种文化活动，人们会有兴趣复原老舍笔下的小羊圈胡同。人们来到这里，脑子里一定会蹦出种种老舍的文字。看见那小水缸，便身临其境地想起这段精彩的记述："在夏天，什么地方都是烫手的热，只有这口缸老那么冰凉的，而且在缸肚儿以下出着一层凉汗。一摸好像摸到一条鱼似的，又凉又湿。"啊，那将是何等有趣而又特殊的享受啊！

老舍降生在北京新街口南大街小杨家胡同 8 号
（原小羊圈 5 号）院内北房东间

一个京城贫儿的辛亥经历

老舍先生是北京旗人，满族，生于光绪二十四年腊月二十三（公元1899年2月3日）酉时，那年距离辛亥革命还有12年多一点。在他降生的时候，中国发生了一件大事，就是戊戌政变，光绪皇帝发动的改良新政遭到后党的反对而半途夭折，中国社会上空刚刚冒起的一点点曙光又被彻底扑灭，偌大的东方古国重新陷入一片黑暗，整个社会动荡不安，孕育着一场大的变革。山东农村爆发了义和拳运动，第二年，八国联军进军北京，这一连串的大事，一个接着一个，也落在老舍一家人身上，那一年他才一岁。

老舍的父亲舒永寿，住在北京西直门附近的小羊圈胡同，每天天不亮的时候要到皇城里去当差，负责巡逻和守卫皇城。他有一个"腰牌"，相当于今天进城的通行证。用一块小木头牌挂在腰上，上面写着"面黄无须"四个字，这是他的面貌特征，那时候没有照片呀。

八国联军进攻北京的时候，是1900年八九月份，慈禧太后带着光绪皇帝逃到了西安，但是守城的士兵们并不知道，他们还在做殊死的抵抗，坚守在北京城墙的各个城门上。

舒永寿就镇守在北京的前门上。前门是北京城的南大门，叫正阳门，在城的中轴线上，背后就是天安门和皇宫。正阳门有瓮城，正前方是箭楼，是突向正前方的最前线。舒永寿的防守阵地就在这里。

父亲阵亡之后，他的名字第二年上了《庚子京师褒恤录》，《庚子京师褒恤录》第四卷第七页记载着舒永寿（公历1900年8月15日）阵亡："护军……永寿……于上年七月在天安等门驻扎二十一日对敌阵亡等因护军……永寿……均著照护军校阵亡例优赐恤。"此名单中一共列了15位牺牲的护军的名字，永寿排在中间，列第八名。

清冷的月牙儿

母亲得到的抚恤金实际上是一个护军减半的钱粮，而且此时国运不济，已不能按时发放，拿到手的也是成色不足的银子，抚恤金大打折扣。母亲的负担很重，除了刚一岁的小儿子之外，她还有两位未出阁的女儿和另一个年满八岁的儿子，还有一位大姑子跟他们同住。母亲只能靠替别人洗衣服、补衣服、做活计来维持生计。在老舍的记忆里，母亲的双手永远是红肿的，表皮极粗糙，用她的手背给小孩子挠痒痒倒很合适，可惜并不敢再劳累她。母亲常被店铺伙计送来的脏衣服熏得吃不下饭去，但她从不歇息，直到深夜还抱着一盏小油灯缝缝补补。母亲娘家姓马，是住在北京郊区北土城"蓟门烟树"附近的农家。她本人是个不识字的满族妇女，生性好强，一生勤劳。她内心的刚强、正直和外表的和气、热情一直影响了她的后代，融入了他们的血脉，铸造了他们的性格。她是老舍的不识字的人生导师。她最犯愁的事是每当领了钱饷回来，不知该如何分配这些为数可怜的银子，是还上月的债呢，还是安排下个月的嚼裹儿呢？她坐在炕上，把铜钱分成两摞，一摞是该还债的，一摞是打算用在下个月开支的，倒过来翻过去，怎么也不够用。索性都还了债，无债一身轻，但下个月怎么办呢，只能喝西北风了，难啊。母亲街门外的墙垛子上有两排用瓦片刻画的记号，每五道为一组，颇像鸡爪子，到月底按鸡爪子的多少还钱，其中一组是买烧饼赊的账，另一组是买水赊的账。那时院里并没有自来水，大家都吃井水，靠送水的车子挨家挨户地送。每送一挑水，就在墙上画一道记号，先赊后还，月底结账。母亲只让送水的和卖烧饼的和"鸡爪子"发生关系，别的任何消费都不再允许发生。

老舍先天不足。母亲奶水不足，他是靠吃"糕干"长大的，他常常开玩笑说，以致后来他长大了始终是"一脑袋的糨子"。

老舍到三岁都不会说话，大人们很为这个瘦弱的孩子担心。他甚至到三岁也不会走路，一个人坐在炕上，一声不响，很乖。给他一小团破棉花，或者一小块生面，就可以玩半天。长到四五岁他也没有一件像样的玩具。偶然在小南屋找到几个磕泥饽饽的泥模子和一副涂了红颜色的羊拐，这是他唯一拥有过的玩意儿。剩下就是院墙外大槐树上吐丝而下的绿槐虫——"吊死鬼"，那是他不用花钱买的活玩具。

母亲有时候带着小儿子去城外给父亲上坟，那是要走很长的路的。路上母亲会买一些热栗子给他吃。及至到了坟地，母亲放下儿子，自己抱着坟头哭起来，哭得很伤心。周围只有几只乌鸦，偶尔发出几声难听的鸣叫，怪吓人。一阵小风吹来，将未烧尽的纸钱卷向天空。天色渐暗，母亲背起小儿子向回走。月牙儿爬上天空，灰暗的旷野一片清冷。小儿子在母亲背上仰望天空，月牙儿一直跟着走，闪着冷光，惨白惨白。母子二人一语不发，心中却因孤独而悲伤，四周也越发寂静。那月牙儿便永远地停在了心中，成了清贫童年的长久的记号。

卖花生米？上学？

老舍一辈子不爱过年，不爱过生日，因为每当想起自己的童年，他便想起自己可怜的母亲。那个时候，过年对母亲来说是一关，是很难过的一关。

小的时候，他常常看见街上的人家为过年而忙碌，便跑回来向母亲报告，谁家买了多少鞭炮，谁家请了一台蜜供，比桌子还高，谁家正在剁肉馅包饺子。母亲在这个时候会很平静地对他说："我们不和人家比。别着急，我们也会动手包饺子，自己包的饺子最好吃，虽然咱们包的菜多肉少。"

母亲精明强干，对能做得到的礼仪一点也不含糊。她会把炉灰面筛得很细，用它来擦拭缺胳膊短腿的家具上的包角铜活，擦得锃亮，还会把一张不知怎么保存下来的老画《王羲之爱鹅》挂出来，再点燃一支小小的红蜡烛。不过，到底是没有多少好吃的和好玩的，母子二人早早地就上了床，听着别人家的鞭炮声渐渐入睡。

这样的年，让老舍很伤心，不愿意过。

所以，他后来说，他天生是个悲观主义者。

这样，熬到老舍七岁，按常规，他应该上学了。可是，母亲很犯愁，没钱啊。那时，上学是一件多少要点钱的事，母亲早就盘算好了，让小儿子先挎个小篮子上街去卖花生米，做点小买卖。再大一点，就送他去铺店当个学徒，学一门手艺，或许还能养活自己，不致饿死。

恰在此时，小胡同里有了大动静，前呼后拥地来了一位贵人，来找母亲，说是有事相商。来的这位叫刘寿绵，是个黄带子，就是满族的贵族，祖上地位显赫，三代单传，到他这一代，家产中光房产一项，可以相当于西直门大街的半条街。这位公子哥比老舍母亲年轻一些，管她叫"大姐"。老舍的曾祖母曾经服侍过刘家祖上的女主人，还陪同刘家到过云南，所以后代一直保持着一些联系，虽并不密切，但毕竟没有完全忘记。刘寿绵过着绫罗绸缎珍馐美味的生活，但他人并不坏，心眼好，很爱做善事，在街面上有"刘善人"的美称。他有一位女娃娃，和老舍同岁。女娃娃该上学了，他便忽然想起舒家也有一个小男孩该上学了，便前来相助，进门就高声大叫："大姐，我来带您的小孩上学去！"他告诉母亲，一切都不用她操心，他会送来课本，会送来做服装的布料，会带着孩子去学校。原来他办了一间私塾，请了老师，有专门的地方，给自己的孩子和朋友的孩子上课。

就这样，老舍意外地进了学校，走上了一条成为知识分子的路，虽然，前途依然充满荆棘，依然困难重重，但他太喜欢念书了，年纪小小，决心不再离开书本。

果然，第二天，刘大叔拉着他的小手，送他进了私塾。

这间私塾设在离家半里多路的正觉寺，胡同也因寺而得名。当时此处是个道士观，在其最里进有一座大殿，被辟为刘家的私塾。老舍在这里念了一年书，得到了初级启蒙教育。老舍一辈子都记得刘善人的恩情。后来，刘寿绵真的出了家，当了和尚，把自己全部财产都救济了穷人，成为京城远近闻名的大德高僧，法号"宗月法师"。抗战中期，他圆寂于北平的广济寺。消息传到后方，远在重庆的老舍，立刻写了一篇充满感情的悼念文章。在文章的最后，老舍写道：

　　没有他，我也许一辈子也不会入学读书，没有他，我也许永远想不起帮助别人有什么乐趣与意义。他是不是真的成了佛？我不知道。但是，我的确相信他的居心与言行是与佛相似的。我在精神上物质上都受过他的好处，现在我的确愿意他真的成了佛，并且盼望他以佛心引导我向善，正像二十五年前，他拉着我去入私塾那样！

　　他是宗月大师。

师范成才

离开私塾之后，老舍又连续上过两个正规小学，最后毕业于位于西直门南草厂的京师第十三小学的高等小学校。考上了位于祖家街的北京第三中学。

恰在此时，爆发了辛亥革命。

辛亥革命对北京的旗人来说，可谓有好有不好。好是结束了封建帝制，也结束了束缚旗人的佐领制度，还他们以自由；不好的是断了他们的生活来源，没有了"铁杆庄稼"，没有官饷钱粮，完全得自谋生路。可是，绝大多数满族旗人是以世代当兵为职业，不会也不允许有其他技术，一旦没有了官饷钱粮便只能干瞪眼挨饿。所以绝大多数满族人在辛亥革命之后一下子就沦为了穷人，落到了社会的最底层。

母亲是个有尊严的老实人。她去当了工友，当了女佣，给学校的女老师打饭帮忙做杂务。可是，她已经完全无力供养她的孩子继续上学读书。

老舍中午下学回家吃饭，掀开锅盖，一看锅里空空如也，不出声，一声不响地扭头便走，空着肚子去上下午的课。姐姐见他脚上穿的布袜子上的补丁已经补到了脚面上，便送给他一双新的袜子。他拒穿，说自己不会和别人去比穿戴，假如比这个自己永远也比不上人家，要比，就比功课。

他的性格极像母亲。他的发小儿同学罗常培曾经这样描写过幼儿时的老舍："一个小秃儿，天生洒脱，豪放，有劲，把力量蕴蓄在里面而不轻易表现出来，被老师打断

47

了教鞭，疼得眼泪在眼睛里乱转，也不肯掉下一滴泪珠或讨半句饶。"

在北京三中上了一学期初一的课程，眼看就再也难以为继了。他突然看见报上有北京师范学校招生的广告。

师范学校是辛亥革命前后出现在中国大地上的一件新鲜事，其目的是培养新型的小学师资，课程设置完全是效仿日本的师范中等学校，也就是说，除了国文还有古典的汉语之外，其他一切课程都是参考西洋和东洋的教材，一句话，师范就是洋学堂，是中国教育向现代化迈出的第一步，而且着眼于中小学基础教育，由儿童抓起。

最打动老舍的是，师范学校的一切都是免费的，全部公费，由国家包起来，管吃管住管穿管学费管分配，正像老百姓所说："师范师范白吃饭。"

招生50名。消息传出，一下子报名了1000余人，凭考试成绩择优录取。老舍没跟母亲商量就报了名，考了试。到发榜的时候，他榜上有名，这个时候，他才对母亲说他考上了北京师范。他和母亲都很高兴，他高兴的是，他可以继续上学了，可以继续念书，可以不离开学校了；母亲高兴的是，终于可以不再为儿子的学费而发愁了。

这时是1913年的年初。考上师范学校是辛亥革命带给老舍的头一件礼物，完全改变了他的人生命运。

他搬到学校去住宿，从此，他离开了那个穷苦的家，除了短暂地看望母亲之外，再也没有回来长住过，这一年，他刚满14岁。

入到班里，他才发现，班上的同学大多是河北各地的孩子，口音都很重，真正的北京孩子倒很少，原因是乡间的孩子功课扎实，成绩较好，人又都本分老实。

当时师范学校的师资力量非常强，校长和语文老师都是国学宗师，后来大学数量多了以后都晋升为有名的大学校长和教授。教员中许多人是留学生。学校的硬件也很齐备，有中西结合风格的现代校舍，有理化生物实验室，有大图书馆，有劳作室，有风琴，有洋鼓洋号，还有真枪实弹可供军事演习。学生每人都发呢子制服和呢大衣，发皮靴，发帽子。学校的校制是一年预科，四年本科。学习的课程很齐全，也很现代，包括博物学中的动物学、植物学和矿物学，还有心理学、教育学，学生一律要学英语。老舍这一届是北京师范学校的第一届科班学生，学到1918年正式毕业。更神奇的是，老舍的下两届同学，毕业前居然全班开赴日本去实习。

据统计，100年前师范学校在全国各重要城市同时兴建了一大批，培养了上万名人才，其中许多人成为各行各业的骨干，还涌现了一批名人和巨匠，其中湖南的毛泽东、北京的老舍最有代表性，而老师中鲁迅先生则是其中最负名望的。

老舍在校时，北京师范学校的校长先后有两位，方还先生和陆鲞先生，都是大教育家。他们爱学生如亲子。老舍受他们的影响很大。老舍先生后来一辈子总在自己的书桌上方悬挂着方还校长的题字，可见他对方还校长的尊敬和爱戴。

老舍在1949年以前，一直不提自己的满族出身。他曾对好友吴组缃先生私下说，他羞于承认自己是旗人，是满族人。他的这个特点带着浓郁的辛亥革命色彩，他为清朝末年的满族统治者的无能和腐败，以及对外的屈服和软弱感到羞辱，不愿意承认和他们是同族。后来，溥仪对日本的投降和卖国更使他气愤和伤心，愈发不愿意明说自己的族籍。这种心态直到他1949年底从美国回来后，特别是听了毛主席和周总理亲口对他说满族是一个了不起的优秀民族，康熙大帝是个非常杰出的皇帝，在确定中国版图上、在建立统一战线政策上、在民族团结上都有不可估量的贡献，对历史有极大的推动作用，对今天也有深远的影响，这之后，老舍先生的态度才逐渐地有了转变，而且最后终于以作为满族的代表而自豪，在作品中，如在小说《正红旗下》里，开始正面地描写满族人，以至小说《正红旗下》不仅成为他的代表作之一，还被誉为中国当代少数民族文学最辉煌的杰作之一。

老舍先生在自己的散文中曾经动情地描述过他刚上北京师范学校时的情景。那一年因为刚改为公元纪年，春节不放假，他在除夕回家探母时，不得不对母亲说，待一会儿还得赶回学校，不能陪母亲一起过年。出了门，他走在回师范学校的路上，两眼完全看不到周围的热闹景象，而是充满了泪水，心中只惦念着自己孤独的老母。及至走到校门，学监正在门口等他，亲切地对他说，你还是回去吧。他听了此话，狂奔到家。进了家门，看见母亲一个人正对着小红蜡烛发愣。母亲见到儿子又回来了，非常高兴，站起来从衣兜里掏出一个小草纸包，里面包了一点杂拌儿，说："小子，拿着，刚才忘了给你。"

　　五年之后，老舍以第五名的成绩毕业于北京师范学校，直接分配到京师第十七高等及国民小学去当校长，那一年他19岁。他对母亲说："您现在可以歇一歇了。"母亲的回答是一串一串的眼泪。

老舍和贝满女中

贝满女中是北京著名的中学，已有150年的历史。当校史编委会负责人来访问我的时候，我说老舍先生和"贝满"也有关系，而且还相当密切，虽然他并不是"贝满"的教师，也不是"贝满"的职员。他们听了大吃一惊，因为从未听说过。那么，且听我细细道来，我曾为此做过比较详细的调查。

北京地方服务团

在20世纪20年代初，北京有一个宗教外围组织，叫"北京地方服务团"，其宗旨是为社会服务，帮助穷人，提倡生产自救，办各种补习班，讲究卫生，破除迷信，改善生活质量，很像多功能的慈善机构。

北京地方服务团是基督教公理会主办的，后者属美国公理会教派。公理会所在地在北京东城区灯市口大街的中段路北，分三部分，西为贝满女校，中为公理会本部，东为育英男校。公理会本部包括办公楼、教堂及附堂。北京地方服务团位于公理会本部和贝满女校大门外的临街的街面上，有三间平房办公室，内有干事一名和助手一名。干事名舒舍予，即年轻的老舍先生，他当时二十四五岁。助手名朱永茂（德普）。北京地方服务团出版有正式的杂志，名字就叫《北京地方服务团》，详细地记载着它的活动，有案可查。此期刊比较完整地保存在东城区东厂胡同内中国社会科学院近代历史研究所图书馆。

根据有关人员的回忆，北京地方服务团组织过女工织袜小组，为穷人发过寒衣和煤球，给养老院送过白菜，组织过春季捕蝇活动，等等。

老舍先生在北京地方服务团的具体时间当为1923年下半年到1924年6月，直到赴英国教书之前。此阶段他应老朋友和把兄弟罗莘田先生的邀请在北京一中教书，但因收入较低，故又到北京地方服务团去兼职。

在北京地方服务团期间，老舍先生向"贝满"和"育英"推荐了朱氏两兄弟去任职，朱四爷是那位在北京地方服务团当舒舍予助手的朱德普先生，他早在舒庆春1918年毕业于北京师范学校后任京师第十七高等及国民小学（即方家胡同小学）校长期间就相识，任过该校的庶务员。后来，舒庆春升任北郊劝学员兼北郊通俗教育讲演所和北郊讲演所所长时，朱又跟着到讲演所去帮过忙。舒舍予到北京地方服务团后，朱德普任其助手。最后舒推荐朱到"育英"去做事，担任了该校的注册部主任，直至40年代末病逝。舒又推荐朱三爷朱永志（向辰）先生到"贝满"去任职，任事务部主任。这二位朱先生都成了"贝满"和"育英"的得力干将，有过很大的影响。

地方服务团那三间办公用屋在20世纪50年代还一直存在，当了成衣店的用房。目前不存。

主日学

"主日"又可翻译成"礼拜日"。在主日这一天，基督教徒们全家老小都要上教堂去做礼拜。为了不教小孩子们在大人们祷告和听经时瞎跑瞎闹，教堂便辟出几间房子，专门把孩子们集中在一起，开个临时的儿童学习班，当然，内容也还是宗教的。这便是"主日学"。

老舍先生年轻的时候，在主动辞去劝学员的职务之后，有一段时间在西直门内的由学务局主办的京师儿童图书馆里居住和工作。这里离西四的缸瓦市伦敦会教堂相当近，他曾到这里办的夜校来补习英文，认识了在这座教堂主持工作的宝广林（乐山）先生。此人是伦敦大学神学院的毕业生，出身寒苦，比老舍先生大11岁。两个人一见如故。宝广林是个宗教改革家，思想激进，当时正在从事对缸瓦市伦敦会教堂的改造工作。实质上，他正在探索一条用宗教的办法来改造社会的路，这是一条中间路线。教会改造的核心是将教堂由英国人手中接管过来，实现人权、财权和布道权的民族化，是"三自爱国运动"的最早的尝试。为此，他在自己周围团结了一批有识之士，组成了一个核心，来实现他的梦想，这其中便有年轻的舒舍予。他看中舒氏的学问和国学功底，让他参加"率真会"（会员中还有白涤洲等人）。这是由宝广林组织的一个同志会，彼此交流思想，共同探讨社会改造的事情，并委托舒舍予来起草一份缸瓦市伦敦会改建中华教会的规约草案。为此，舒舍予于1922年夏正式受了洗礼，加入了基督教，取得了教徒的合法身份，正式以教徒的名义开始起草改建规约。在这个草案的最后面舒舍予写得很清楚，说中华教会有医院，有平民学校，有公众阅书报所，有妇女工厂，有劳工之救济，有灾害之赈施，是以华人为中心的教会，亦即以教会为社会之中心也，欲达此旨，则社会服务是关紧要，犹之西人传教异域，必以施医等为先锋也。

看得很清楚，舒舍予的入教完全是为了改造社会，而并不是为了传教，只是以宗教为外衣，行改造社会之实。

这个改建规约草案经过多次审议和研究讨论之后，被全体教友会通过，并于1923年初正式生效。在此期间，舒舍予在这里结识了许地山先生，两人结为终生好友，并在后者的启发之下走上了最终的文学道路，成了一名作家。

舒舍予看到主日学当时存在的诸多弊病，并结合他自己担任缸瓦市教堂主日学主任的实践，经过两年多的思考，酝酿了一篇长长的改造主日学的论文，发表在宝广林、吴耀宗等人主办的《真理周刊》上，分四期刊完，共7900字，题目叫《儿童主日学与儿童礼拜设施之商榷》，这是1923年7月中、下旬的事情。此文极有意思，比如，教堂中常有吃圣餐的活动，有分食面包和喝葡萄酒的规矩和仪式，那么，在主日学中则可以此为由头，由讲面包、葡萄酒之原料起，涉及植物和农业知识，细细加以说明，实则是以发展初级教育为首任，造就有普遍知识的全面的国民，这才是主日学的根本之计。

据《真理周刊》报道，1923年5月基督教联合会在公理会附堂开会，决定成立主日学委员会，调查主日学状况。9月主日学委员会又开会讨论改良办法，缸瓦市中华基督教会已着手改组，分成人班、青年班、儿童班、入教预备班等15班，到班者有200余人。舒舍予任该会主日学总干事。

这些事情的决策均发生在灯市口的公理会里，那里的附堂后来归了贝满女中。

秘密的革命活动据点

　　这里所说的革命是指1927年第一次国内革命战争之前的那个时期的民主主义革命，革命对象是当时的北洋军阀们的反动政权，具体地说，比如是针对1926年在北京的以奉系军阀张作霖为首的反动统治。革命力量则是国民党和共产党，他们当时是组成统一战线的同盟者，在北方当时都处于地下状态，都是革命者。以宝广林、彭锦章和全绍武为首的北京基督教诸教派的领袖们都是当时的积极革命者，他们经常秘密集会，并购置军火，准备武装起义。

　　此时，舒舍予并不在北京，他正在英国伦敦大学东方学院教书。这些革命活动和他并没有直接联系。但是有两点是值得注意的。第一，上面提到的三位宗教界领袖都是他的好朋友，特别是宝大哥宝广林，是他的领路人和恩人。他们曾经一起为建立中华教会和改造缸瓦市伦敦会教堂共同奋斗过，是亲密的战友。第二，当时的贝满女中和公理会教堂曾是这些革命者的主要活动据点之一。有一位后来成为著名共产党人的孟用潜同志，便是在贝满女中里组织过他们秘密集会和偷偷学习过先进革命理论的带头人。他曾借辩证唯物论和马克思经济学方面的书籍给他们学习（孟用潜后来和刘少奇同志一起曾在奉天被捕过，此事曾被"四人帮"利用，借以诬陷刘少奇同志为叛徒、内奸、工贼，孟也是主要受害者之一）。

1926年张作霖逮捕了以李大钊同志为首的几十位革命者，并将他们绞死，这其中就有宗教界的革命者。比如，曾在缸瓦市教堂里逮捕了包德浩，他后来也被处死，壮烈牺牲，解放后被追认为革命烈士。在公理会教堂逮捕了彭锦章和全绍武。宝广林侥幸逃脱，受教友马炳南的保护得以先到城外燕京大学逃藏，后安全逃到上海，保全了性命。宝广林几年后回到北京，曾任北京基督教联合会主席和青年会总干事，并担任过中学校长，一直活到解放后。

因此，贝满女中和公理会在历史上曾有过一段秘密当过革命据点的经历，无疑，这是它们的无上光荣。

最后，特别要提到：舒家三代人都和"贝满"有关，老舍先生和它的关系，如上所说，最为密切。我本人的大妹舒雨是"贝满"50年代毕业的校友，她大学毕业后一直是北京第二外国语大学的德文教授。我家的第三代，我的女儿舒悦是166中学的毕业生，她目前在美国华盛顿特区史密斯博物馆总馆下的亚洲艺术博物馆任图书馆馆员。在她念书的时候，她的上课小楼就是过去公理会的办公小楼。她说，那座古老的小楼至今在她的记忆中仍历历在目。她很怀念它。

老舍在英国

　　1924年在宝广林先生和英国人易文思先生的推荐下，老舍被英国伦敦大学东方学院聘为中文讲师。宝广林先生是伦敦大学神学院的毕业生，当时任北京缸瓦市伦敦会基督教堂的主持人，而易文思先生当时是北京燕京大学的英文教授。伦敦传教会驻北京代表、北京萃贞中学校长伍德小姐曾代表东方学院对舒庆春进行考察，并和他签署了赴英教授五年中文的合同。舒庆春于1924年9月24日乘德万哈号客轮抵达伦敦。舒庆春年薪为250镑，按月支付。校长可以根据学生的要求安排舒庆春课程的时数和次数，讲课时间每周最多20小时。当时东方学院中文系有包括舒庆春在内的三位老师，一位是英国教授布鲁斯先生，另一位是英国讲师爱德兹小姐。由1926年8月1日起在未来三年里，舒庆春被续聘为标准中国官话和中国古典文学讲师，年薪为300镑。

　　在伦敦，舒庆春先后住过四个地方，它们除St.James's

Gardens 31号是第二处之外，还有北郊巴尼特（Barnet）区卡纳旺街（Carnarvon Street）18号，舒庆春在此住了初到伦敦的半年时光，十多年后老舍写过一篇名为《头一天》的散文，多次提到它。第三处是托林顿广场（Torrington Square）14号公寓，住了半年多，此处房子于二战中已被炸毁。第四处是伦敦南郊蒙特利尔路（Montrel Road）31号，住了半年就启程回国了。对这四处的房东，老舍在1936年曾写过一篇名为《我的几个房东》的散文，发表在上海的《西风》杂志上，对他们进行了详细的描述，其中有许多善意的调侃。

伦敦大学东方学院的教务很忙，舒庆春在东方学院教授的课程有官话口语、翻译、古文和历史文选、道教文选、佛教文选以及写作。不过东方学院有一个好处，就是假期较长，加起来一年中有五个月之久。假期对舒庆春来说，并不完全自由，因为有的学生利用假期也要学习。只要有学习要求，老师就必须执教。所以，在假期，舒庆春只可能做短期的离开伦敦的安排。大部分时间他是在学校课堂中和学校图书馆中度过的。

图书馆是他看书和写作的地方。他在五年之中先后创作了三部长篇小说，成了一名业余作家。

经过五位英国学者和教授的倡议，经过中国驻英大使馆、中国作家协会的积极配合，英国文物遗产委员会决定将St.James's Gardens的老舍故居列为"英国遗产"，以纪念这位杰出的中国作家，他在这栋房子里居住了三年，并创作了他的前两部半长篇小说。他开始使用"老舍"做他的笔名。

2003年11月25日，伦敦举行了隆重的挂牌仪式。这是700多处英国遗产中唯一一处为一位中国人挂的牌子，也是第一块牌上印有中文字的"英国遗产"牌子。牌子上分别用英文和中文写着"老舍"的字样，注明他是一位中国作家，1925—1928年曾在此居住。中文字体是按他的夫人胡絜青书写的毛笔字放大复制的。我应邀出席了挂牌仪式，并和查培新大使一起为牌子揭幕。我在仪式上发表了讲话，特别向英国朋友、向英国文物遗产委员会表示感谢。我特别说明，老舍先生在长篇小说《二马》中曾经着力描写中国因落后而被人瞧不起，他为此痛心疾首，因此将小说的主题定在了"救国救民"上。现在，过了70多年，英国人决定为这位中国作家挂牌子，标志着中国人被人瞧不起的时代已一去不复返，这不仅仅是这位中国作家本身的光荣。

三部小说

老舍是1929年6月离开英国的，在欧洲旅行了三个多月，主要在法国、荷兰、比利时、瑞士、德国和意大利。

于1929年秋坐船抵达新加坡，在华侨中学教书半年，于1930年2月启程回国，5月返回故乡北平。

老舍离家五年半，自1924年秋至1930年夏，带回来四部长篇小说。

当年，当老舍先生走上文坛时，在整体上长篇小说的创作量非常少，以最大的文学期刊《小说月报》为例，虽然它的篇幅很大，是一本厚厚的杂志，但一年也就连载一部长篇小说。到1929年也才增加到一年发表两部，除《二马》外，另一部是巴金先生的《灭亡》。《小说月刊》的编者曾在编者的话中说："巴金何许人也，我们也不知道。"

正因为如此，老舍先生刚一步入文坛，就声名显赫，有点物以稀为贵的味道。所以，老舍先生后来获得了一个美称，他被誉为"中国现代长篇小说的奠基人之一"。

所谓"现代"是指使用白话文，即语体文，不同于古典的文言文。这是1919年五四新文化运动之后才出现的新生事物，对中国社会的进程有着巨大的推动作用。从这个意义上讲，老舍先生属于五四新文学阵营，而且是其中重要的一员，进入现代文学史中公认的文学巨匠"鲁、郭、茅、巴、老、曹"行列。

老舍作品最显著的特点是他的语言。

中国的方言多达千种，当人们决定推行"国语"时，即选一种方言做母语，全国的人都学着讲这种话，再用这种话做文字的表述体，推行"语体文"，取代文言文，这种被选出来的方言就成了全国人的"国语"了。经过激烈的竞选，北京话被推选为国语的母语，候选的提名还有南京话、苏州话、广州话、武汉话。

恰在此时，讲北京话的老舍走上了文坛，他的语言仿佛成了全国人正在学习的国语的范文，当时，流行着这么一句话，老舍先生的作品《老张的哲学》、《赵子曰》和《二马》为文坛刮来一股清新的风。一时，人们争先阅读，奔走相告，老舍作品成了知识分子读者的新爱。

这三部小说的问世大体上已经构成了老舍独特的文学风格，而这种风格从此基本上一直延续了他的一生。这种风格是如此明显，以至一眼就能把他的作品和其他的同代中国文学巨匠的作品区别开来。这种文风里既有北京人的机智、诙谐、包容，满族人的多才多艺、礼貌，时代烙下的悲凉，穷苦下层人的悲悯和冷眼，又有英国人特有的幽默。

除了语言的特点之外，三部小说的主题也十分抓人，都是强烈的爱国主义作品，反映了时代的需求，图强图变，救国救民，一片赤诚，虽然很幽默，很逗笑，但却都是含泪的笑。正像茅盾先生在阅读《赵子曰》之后所说："在老舍先生的嬉笑唾骂的笔墨后边，我感到了他对于生活的态度的严肃，他的正义和温暖的心，以及对于祖国的挚爱和热望。"

《二马》是一部与众不同的书，作者在书中除了描写两名到英国的中国人之外，大量描写了英国人，大量描写了伦敦，都用真实的地名，大量描写了伦敦的四季自然气候。书中有名有姓的英国人一共九位。书中提到的伦敦真实的地名一共39处。用真实的地名做自己的创作的人物和故事的地理背景是老舍的一个重要文学主张，《二马》是一个辉煌的例证。有一位叫李振杰的中国学者用了许多时间进行了实地考证，写了一本小册子，叫《老舍在伦敦》，对这个文学主张以伦敦为例进行了详细的论证。

《二马》的另一个成功之处是对中英两个民族的民族性进行了深刻的对比。《二马》中老派中国人的代表马则仁先生是老舍创作的"不朽"人物之一，可以和虎妞、祥子、程疯子、老王掌柜这些家喻户晓的老舍笔下的著名典型并列。书中的英国人，虽然基本上没有什么太可爱的人物，但个个都有个性，而且入木三分，同样给人留下了深刻印象。老舍在《二马》里充分运用了一分为二的态度来看待英国人，该批评的就批评，该肯定的就肯定，非常平实、中肯，也同样让人感动。

年轻主人公小马威走进伦敦植物园的竹园，哈腰看竹根衔着的小牌子：日本的，中国的，东方各处的竹子，都杂着种在一块。接着就是一番议论：

"帝国主义不是瞎吹的！"马威自己说，"不专是夺了人家的地方，灭了人家的国家，也真的把人家的东西都拿来，加一番研究，动物、植物、地理、言语、风俗，他们全研究，这是帝国主义的厉害的地方！他们不专在军事上霸道，他们的知识也真高！知识和武力！武力可以有朝一日被废的，知识是永远需要的！英国人厉害，同时，多么可佩服呢！"

这就是《二马》的真实。

灵格风汉语声片教材

20世纪20年代英国灵格风出版公司曾托伦敦大学东方学院出版一套针对外国人的汉语学习教材，用灌制唱片的办法教发音，教会话，唱片共16盘，其中15盘录了30课课文，每张胶木唱片录两课，正反面各录一课，第16盘作为序篇，是发音练习，并录了两段作品的朗诵，一段是伊索寓言《酸葡萄》，另一段是曹雪芹《红楼梦》第25回片段。

全部发音灌录者是C.C.Shu。

无形中留下了年轻的舒庆春的声音，当时他25岁，声音很清亮，音调比较高，不像晚年的声音那么低沉，但是，一听就知道是舒庆春的声音，标准的北京音，很漂亮，清脆，好听。每张唱片都装有灵格风的套封，张张上面注明发音灌录者的全名是伦敦大学东方学院华语讲师Chien Chun Shu。

一个皮制小手提箱装着16盘唱片，里面还有两本装帧精良的教科书，第一卷是英文卷课本，第二卷是中文卷课本。羊皮书面，烫金书边。第二卷的课文全部是手写的中文，毛笔字体，照片制版印刷而成。书写者是C.C.Shu，无形中又留下了年轻的舒庆春非常漂亮的书法作品，楷书字体，略带点魏碑的味道。

这一箱汉语教材的正式名称是《言语声片》，在世界上流行于20世纪20年代、30年代、40年代，直至50年代中期。后来被一套香港出版发行的新灵格风汉语教材取代，不过后者的水平明显不及其前身，后者由于有过多的政治内容而并未流行开来。

灵格风《言语声片》内容的作者是三位，即伦敦大学东方学院中文系的三位老师：J.Percy Bruce教授、E.Dora Edwards讲师和C.C.Shu讲师。由出版说明中可以看出，从分工上看，其中主要的作者是C.C.Shu，他负责第16课下到第27课下的对话课文撰写，以及第28课上、下到第30课上、下的全部课文撰写，大体占全部第二卷汉语课文页数的43%，从发音内容量上则占60%以上，而且是较为复杂的课文部分。15课以前的课文内容比较简单，是字和词的发音，以及一些简短的句子，不构成专题的内容。从舒庆春负责的第16课起，会话部分都有题目，是一个一个专题，共15个专题，诸如"火车站""游戏""商业谈话""新闻""洋服庄""银行"等等，其中有一些专题不光语言生动，内容也很新颖，传递了作者的一些思想和主张，譬如第21课下，题目是《看小说》，有如下的内容：

甲：……我近来看小说的瘾非常的大。

说真的，近来出版的小说实在比从前好得多。因为新小说是用全力描写一段事，有情有景，又有主义。旧小说是又长又沉闷，一点活气没有。况且现在用白话写，写得生动有趣，你说是不是？

乙：是，我也觉得新小说有意思，因为有一些文学上的价值。这部《言语声片》不同于一般的汉语教材，它的特点是：

一、内容针对成年人，而不是针对儿童，并不是小学教材，是成人教材，方方面面都有，又具体又细致，实用价值大。

二、内容是针对北京的，而不是其他地方的，但又全国适用。

三、内容是口语的，并不刻意讲究所谓文法，甚至一点文法也没有，反而是以习惯语气为主，句句都比较短、上口，譬如：

"你简直的不吃叶子烟吗？"

"不行，那个太辣，吕宋烟我也办不了。"

"万一有个受潮掉毛，还不至于糟在我们手里。"

"论到钱上，咱们俩断不可提。"

"那件事你万不可忘记。"

......

从语言学的角度，这部教材的价值也值得重视和研究：首先，可供动态的考察，不到一百年，北京话已经发生了不少变化，《言语声片》中有一些说法和用词，现在已经很陌生了，不大使用了，成了"过去式"，如"今天的天气很顺当""他刚要起行""那个办法不必然好""我目下想不起来""马先生给我打电话""商议商议才能定规""他昨天应许了""兄台要买皮袄""叫柜上开发脚钱""怎么停着这么些只船呢""当然诸事都迟滞一些"……

其次，从语气上叠字词和儿化词也发生了一些变化，"末末了""高高儿的"说法现在都不怎么流行了。

1994年荷兰莱顿大学汉学院图书馆主任吴荣子女士曾将一套完全的《言语声片》赠给中国现代文学馆。他们一共有三套半，特别匀出一套带到北京。现在，根据这一套，为便于研究和利用，《言语声片》教科书第一卷和第二卷已完整地复印到了《老舍全集》第19卷中，其中主要部分可以算作为老舍早期作品的一部分了。而他的声音也根据唱片录成CD光盘，听众随时可以在中国现代文学馆的展厅中听到。

由于《言语声片》的发现，北京语言文化大学已邀请中国老舍研究会将其总部设在大学院内，因为他们把老舍先生视为在海外传播汉语教学的鼻祖。

关于英译《金瓶梅》

驻上海的英国记者马尔科姆·穆尔在英国《每日电讯报》上发表一篇报道，说北京当代芭蕾舞团在香港将经典艳情小说《金瓶梅》首次搬上了舞台。文中提到《金瓶梅》的英文译本，而且提到一个有趣的细节，即这位英文翻译者在译文中将70处性描写译成了拉丁文。

这篇报道涉及的《金瓶梅》译本可以追溯到20世纪20年代，事情发生在伦敦。

当时来自北京的年轻讲师舒庆春正在伦敦大学东方学院教书，他和英国朋友Clement Egerton合租了一层楼。

艾支顿是一位有才华的翻译家，他会五种语言：拉丁文、希腊文、德文、法文，还有中文。他当过教员、服过役，一战时升为中校，在认识舒庆春时他接受了一项重大的翻译任务，就是将中国古典名著《金瓶梅》翻译成英文，但是他的中文程度令他胆怯，他决定请当中文讲师的舒庆春帮他的忙，如果两人能住在一处，恰好可以就近切磋，除了相互学习语言之外，还可以解决中译英过程中遇到的疑难问题。

艾支顿用了五年的时间将《金瓶梅》翻译成英文。书于1939年正式出版，英文名*The Golden Lotus*（金莲）。以后再版四次（1953年、1955年、1957年、1964年）。书出得十分讲究，四大厚本，绿色羊皮面，烫金脊。书的扉页上郑重地写着一行字："To C.C.Shu My Friend"。"C.C.Shu"就是舒庆春，是老舍先生的原名，他在伦敦大学东方学院任中文讲师时用的就是这个名字。

在《金瓶梅》英译本的《序言》中，艾支顿专门写了以下这么一段译者的话：

> Without the untiring and generously given help of Mr.C.C.Shu, who, when I made the at the first draft of this translation, was Lecture in Chinese at the School of Oriental Studies, I should never heve dared to undertake such a tast.I shall always be greteful to him.
>
> 在我开始翻译时，舒庆春先生是东方学院的华语讲师，没有他不懈而慷慨的帮助，我永远也不敢进行这项工作。我将永远感谢他。

有趣的是，如上所述，艾支顿在书中将《金瓶梅》中露骨的性描写译成了拉丁文。一般的英国读者看不懂拉丁文。于是，曾有一位调皮的译者，故意将这些拉丁文译成一本小书出版。直到1972年，艾支顿才将拉丁文处一一译成英文并正式出版了《金瓶梅》的全译本。

奇怪的是，老舍本人对这件事一直保持沉默。只是1946年在美国的一次讲演中，提到了艾支顿的《金瓶梅》英译本。在这次名为《现代小说》的演讲中，他高度评价了《金瓶梅》，说它是"明代最杰出的白话小说"。"在我看来，《金瓶梅》是自有小说以来最伟大的作品之一"，"《金瓶梅》用山东方言写成，是一部十分严肃的作品，是大手笔"。

1997年11月7日我首次访问英国时，曾到伦敦大学亚非学院档案部和中文图书馆参观。当时图书馆里有三套1939年的《金瓶梅》英译本。当晚，该图书馆负责人在晚宴上亲手将其中一套赠送给我，让我带回北京。目前，这套《金瓶梅》藏于北京老舍纪念馆中。《金瓶梅》英译本的故事是现代中英两国文化交流史上一桩非常有趣的事情，也是老舍先生旅英五年里无意之中留下的一个重要足迹。

八方风雨四海为家

从1924年到1949年底，老舍一直不在北京，一别就是25年。在这25年里，老舍在英国住了五年，在新加坡住了半年，在济南住了四年，在青岛住了三年，在武汉住了一年，在重庆和北碚住了七年半，在美国住了三年半。在这25年里老舍成了一个有成就的作家，成了一个受欢迎的教授，成了一个文学队伍的很有影响的组织者和社会活动家。这25年，对中国来说，是革命的年代，是战争的年代，是一个翻天覆地的大时代。老舍是这个大时代的经历者、见证者、描绘者和改造的参与者。在他的笔下，这个大时代是痛苦的，悲凉的，充满了矛盾和磨炼，它不可能有别的结局，除了革命。对老舍个人来说，同样的，这25年的经历，也是动荡的，多难的，艰辛的，漂泊不定的，不断探索而终于找到了归宿的，恰如一幅缩小了的时代的真实写照。

如果说，1924年以前的25年是作家老舍的预备期和酝酿期的话，那么，1924年以后的25年，则是作家老舍的成长期和成熟期。

老舍到英国之后，在伦敦大学东方学院当讲师，教英国人说"官话"和念"四书"，任期五年。住了不到半年，由于思乡、模仿、暴露和说理四种冲动的催促，他拿起笔，开始写他的第一部长篇小说《老张的哲学》。手稿寄给上海《小说月报》，由1926年第七号开始刊登，一气连载半年。第1期上署名"舒庆春"，由第2期起改署"老舍"。从此，老舍的名字便和流畅的白话文，生动的人物形象，深刻的讽刺，风趣的幽默紧紧地连在一起，而使文坛耳目一新。一年之后，《老张的哲学》合印成单行本，销路很好，轰动一时。

在伦敦，老舍先后住过四个地方。第一个地方是巴尼特区的卡纳旺街18号，离伦敦有11里。房东是两个英国老姑娘。老舍和作家许地山一起合住在这里。故事说得差不多了的时候，许地山便拿出一本油盐店的账本开始写小说，笔可是钢笔，常常力透纸背地把钢笔尖插到账本里去。半年之后，老舍搬到伦敦西部的荷兰公园区詹姆斯广场大街31号，这次是和艾支顿夫妇合租一层楼，条件是老舍出房钱，艾支顿供给老舍饭食。附带的条件是老舍教他中文，他教老舍英文。这种合作后来有一个意想不到的结局，即老舍帮助艾支顿完成了中国古典名作《金瓶梅》的翻译。合住三年期满后房东要加价，他们只好分手，老舍搬到公寓里去住了半年，公寓位于托林顿广场附近。最后一个住处是在伦敦的南部斯特里塞姆高地（Streatham Hill）的蒙特利尔路31号，也只住了半年多。

东方学院的假期加起来每年差不多有五个月，加上拥有一个幽静的好图书馆，老舍在这里继《老张的哲学》之后，又创作了长篇小说《赵子曰》和《二马》。尽管老舍不怎么喜欢英国人和英国社会，但是他得感谢那幽静的图书馆。隔了好多年，老舍还在感慨："哼，希望多咱有机会再到伦敦去，再在图书馆里写上两本小说！"

老舍在英国完成的头三部小说使他成为中国现代文学中长篇白话文小说公认的奠基人之一。正像茅盾先生说的那样："在老舍先生的嬉笑唾骂的笔墨后边，我感到了他对于生活的态度的严肃，他的正义和温暖的心，以及对于祖国的挚爱和热望。"

1929年夏，老舍离开伦敦，在欧洲大陆旅游了三个多月，所到的国家是：法国、荷兰、比利时、瑞士、德国、意大利。这样一来，他的钱仅够到新加坡的，便在新加坡下了船。在当地的华侨中学找着了事，一边教书，一边写小说，第二年春天才回国。在北平他只作了短暂的停留，住在老朋友白涤洲先生家（西城机织卫烟通胡同6号，今9号）。在这里，他第一次和北师大的女学生胡絜青相识。后来，她成为他的夫人。1930年夏，老舍应聘到山东济南齐鲁大学任文学院教授兼国学研究所文学主任。

山东时期是老舍的大丰收期,在老舍的创作生活中占据极重要的位置。在这个时期中老舍平均每年创作一部长篇小说,平均每月创作一篇短篇小说。长篇小说是:《大明湖》(1931年)、《猫城记》(1932年)、《离婚》(1933年)、《牛天赐传》(1934年)、《骆驼祥子》(1936年)、《选民》(1936年)。短篇小说集是:《赶集》(1934年)、《樱海集》(1935年)、《蛤藻集》(1936年),还有《东海巴山集》中的东海部分(1937年)。此外,还出版了《老舍幽默诗文集》(1934年)、创作经验集《老牛破车》(1937年)和自传体小说《小人物自述》(1937年)的前三章。在七年多的时间里老舍总共创作了200篇作品。它们不仅数量上较多,在思想深度上和艺术造诣上都有较大的突破,成为中国现代文学现实主义作品中的重要成果。长篇小说《骆驼祥子》和中篇小说《月牙儿》出世之后,极为轰动,获得了巨大成功,成为老舍的传世之作。《骆驼祥子》1945年以后陆续被翻译成38种文字,走进了世界优秀文学作品之林。

　　在济南,老舍一家人住在南新街58号,这是他利用暑期写作《猫城记》《牛天赐传》《离婚》的地方。在青岛,老舍一家人先在原莱芜二路现登州路住过一个短时期,后来在金口三路2号住了一年多,又在黄县路12号住了一年多。在黄县路居住期间老舍辞去了山东大学的教学职务,正式成为职业作家,并完成了他的名篇《骆驼祥子》。

　　抗日战争爆发后，老舍举家由青岛搬到济南，再次住进齐鲁大学，先在东村平房小住，后来住进大学院内的常柏路2号。1937年11月15日傍晚，在这里，老舍告别了妻子和年幼的儿女，提了一只小皮箱，加入了全民抗战的洪流。老舍的决定，牺牲小我，成全大我，使人们在羸弱的书生外表之下看到了一副极硬的筋骨，他赢得了普遍的尊敬和爱戴，很快就被推崇为抗战文艺的核心人物之一，成

1934年《人间世》杂志上的《离婚》、
《赶集》的广告与老舍剪影

了一个联络全国各路文艺大军的勤务兵，组织成百上千的拿笔当枪的文艺英雄，在中华抗战文艺史上写下了光辉灿烂的一页。

老舍的案头，爱摆几朵鲜花，有烟在手，有花在桌上，是创作妙境。在武汉，山花又上了老舍的案头；不过花瓶是酒瓶子，花是豆花、菜花、野花，一朵或两朵。它们，象征着纯洁、生机和乐观。人们知道：老舍又开始写作了；不过，这回，老舍笔下迸出的是火的花！血的花！"我永远不会成为英雄，只求有几分英雄气概；至少须消极地把受苦视为当然，而后用事实表现一点积极的向上精神。"有了这点信念，老舍把流亡变成了战斗。

在抗战中，老舍基本上是四海为家，过着一种颠沛流离的生活，所到之处甚多，住过的地点和房子也很难以统计。其中最主要的有以下六处：一、武昌云架桥华中大学游国恩教授家；二、武昌千家街福音堂冯玉祥将军处（现拆除）；三、重庆青年会；四、重庆白象街新蜀报馆；五、重庆陈家桥冯玉祥将军家（现拆除）；六、重庆北碚蔡锷路12号。

老舍在抗战中的最大功绩是两个：一是组织和领导了"中华全国文艺界抗敌协会"，团结了全国的抗战文人，使这一时期成为现代文学史上文艺界团结得最好的时期之一；二是致力于文学的普及和曲艺的改造，成为民间曲艺改革的一位先驱者。

在八年的时间里，老舍创作了：

一、长篇小说三部半：《火葬》，《四世同堂》三部曲的第一部《惶惑》、第二部《偷生》，半部《蜕》。

二、中短篇小说集两部半：《火车集》、《贫血集》、《东海巴山集》的巴山部分。

三、长诗集《创北篇》。

四、话剧九部，其中独立完成六部，合作三部。

五、通俗文艺作品集《三四一》。

六、散文、杂文、短诗、歌词、报告、论文、评论、回忆录、鼓词、相声、太平歌词、河南坠子、公开的书信等。这一类作品，据不完全统计，有310余篇。

上述作品，除回忆录外，大大小小每篇都和抗战有关，这个事实说明老舍的确实现了他要为抗战竭尽全力的诺言。

1946年3月老舍和剧作家曹禺应美国国务院的邀请到美国进行为期一年的讲学和文化交流。当时正值美国翻译出版了《骆驼祥子》。它被评为"每月佳书俱乐部"的佳书，发行100万册，成为畅销书。在这种有利的形势下，老舍和曹禺决定利用这次访问广泛地对外宣传中国现代文学的光辉成就，特别是抗战文学的成就。他们在美国用了大半年时间作了周游美国的旅行，走到哪里讲到哪里。他们由接触的美国各界人士口中得知：一般的美国人对中国几乎是一无所知，就是知识分子对中国的了解也是非常可怜的。老舍下决心通过自己的努力来弥补这个空白。他在纽约西83街118号租了两间房，把自己锁了起来，谢绝正式的社交，按自己的安排，开始了新的战斗生活。此时此刻，伟大的中国人民解放战争在中国大地上正以空前的规模和速度展开。在祖国战火纷飞的日子里，老舍一个人滞留在大洋彼岸，作为一个文学家，老舍在另一个战场上孤军奋战，加紧工作，他要用繁忙的工作来抵偿自己的孤独和思乡，给自己国内的同伴一些实际的支援。

他要为宣传中国而写。他一边写作，一边翻译。他说，一部小说与一部剧本的介绍，其效果实在不亚于一篇政治论文，多介绍一些现代的文化，如抗战的话剧，一定会比宋词、康熙瓶更有价值、更受欢迎。

在小屋子里，老舍写完了《四世同堂》第三部《饥荒》，创作了另一部长篇小说《鼓书艺人》，而且一边写，一边交给美国人立即翻译成英文，其中《四世同堂》的翻译是在老舍的亲自参与下完成的。老舍还组织了《离婚》的再翻译以及《牛天赐传》的翻译，加上《骆驼祥子》一共有五部长篇小说和一部话剧被翻成英文。它们成为第一批被系统地介绍给美欧的长篇中国现代文学作品，成为美欧广大读者了解现代中国社会的第一批窗口。素有盛名的《星期六文学评论》称赞老舍的《四世同堂》不只是第二次世界大战以来中国出版的最好小说之一，也是在美国同一时期所出版的最优秀的小说之一。评论家康斐尔德说："在许多西方读者心目中，老舍比起任何其他的西方和欧洲小说家，似乎更能承接托尔斯泰、狄更斯、陀思妥耶夫斯基和巴尔扎克的'辉煌的传统'。"

冰火八年间

一、战火中的分离（1937年）

1937年7月7日震惊中外的卢沟桥事变发生，很快，7月底北平、天津便相继沦陷。此时，我们一家人正住在青岛市。父亲当时创作着两部长篇小说。母亲于8月1日生了妹妹，正躺在产床上。时局开始吃紧，青岛因为位置距日本最近，又临海，很不安全。不愿被日本人抓住，父亲于8月13日先期到达济南，接受了齐鲁大学的聘书，准备开学后在齐鲁教书。13日当天沪战爆发。他心情很坏。母亲问他，新生的小女儿叫什么名字，他随口答道：叫"舒乱"。母亲说，不成，不成，太过于现实，又哪像个女孩的名字。因为当时连天阴雨，干脆就叫"舒雨"吧。8月14日忽闻敌陆战队上岸，父亲急电友人："请送眷属来济南"。母亲随即于8月15日带着孩子到了济南。天降大雨，母亲极累，直接入了医院。我和姐姐被托放在友人家暂住。我频频哭喊："回家，回家。"甚惨。姐姐受了凉，发烧，也住了医院。父亲终日疲于奔命，分别去医院看妻女，复到友人家看小儿，再冒雨采购东西，焦急万分，遂放弃了已写七万字的长篇《病夫》。两星期后，母亲出院。一家人先住在齐鲁大学校园内的"老东村"平房，不足一个月，迁到校园内西部常柏路2号小楼的东半侧。

整个9月份是令人忐忑不安的月份，月中山西大同失守，月底敌军入鲁境，德州告危。时有敌机轰炸，过境逃难者和伤兵日益增多。学校停课，师生相继出逃。父亲参与当地抗日救亡工作，又忙了起来，顶着空袭警报，笔耕不辍。入10月，济南已几近空城。姐姐帮着妈妈拆纱布揉棉球，准备救护伤员之用。我整天嚷嚷着上街买木枪，好打飞机。父亲或写文章，或抱着一本陆游诗集低吟。被人遗弃的猫狗，成群地前来乞食，一派凄凉景象。

11月中，敌军南侵，到了黄河边。15日天际突发三个红闪，突听三声巨响，大地震动，树叶纷纷被震落。原来是我守军为阻止敌军南下，主动将黄河铁桥炸毁。父亲知道分别的时候到了。他无法把三个幼小的孩子一起带走，那样路上不是被挤散就是被炸死。他提了一只早已准备好的小皮箱，里面有几件换洗的衣裳，揣了50块钱，摸了摸我和姐姐的头，对母亲说："到车站看看有车没有，没有就马上回来！"我抱着父亲的腿一个劲儿地问："爸爸上哪儿？"姐姐则追问："什么时候回？"母亲很勇敢，代父亲回答："明天就回。"催父亲速离。父亲提着箱子极快地出了家门。他自知，只要稍一迟疑，他就会放下箱子，不能迈步了。

走在路上，他盼着有车，因为不甘心坐以待毙；同时，他又愿意路已不通，好折回头去跟家人共患难。他把走和不走的决定权交给了火车。半路上遇见一位友人，陪他来到车站。车站居然还卖票，可是却人山人海。晚上8点钟，车进了站，连车顶上都挤满人，父亲有票，却上不了车。等到夜里11点，父亲要回家。友人说再等等，他去敲了敲末节车的窗。窗子打开后，他向窗内的茶役递过去两块钱，说："一个人，一个小箱。"茶役点了点头。父亲被连拉带推地塞进了车窗，落在了一群士兵的中间。他在济南对友人说的最后一句话是："明天早晨请告诉我家里一声，我已上了车。"他心里想，三个小孩也许已睡去，唯独妻子还在灯下念着他也许回去。其实，姐姐和我一直不肯睡，知道爸爸走了，一会儿一问妈妈："爸爸上哪儿去了呢？"

第二天晚上父亲到了徐州，饿了一天一夜。买了去郑州的票，上了闷罐车。到郑州后，向家里发了封电报，报告平安。歇了一夜，于1937年11月18日只身到了武汉。

从此，父亲走入了抗战的洪流，由一名教授兼作家成了一名以笔当枪的爱国战士。

而我们，母亲和三个孩子，则留在了济南，很快就过上了身陷沦陷区的悲惨日子。

一家人何日才能团聚呢？

父亲、母亲和我们都在苦苦地想。

父亲写了一首诗，记述了他久久不能忘怀的离别：

> 弱女痴儿不解哀，牵衣问父去何来？
>
> 话因伤别潜应泪，血若停流定是灰。
>
> 已见乡关沦水火，更堪江海逐风雷。
>
> 徘徊未忍道珍重，暮雁声低切切催。

二、思念中的誓言（1938年）

在济南，我们母子待了一年。待黄河铁桥修通之后，由大舅妈把我们接回了母亲的娘家，住在已经沦陷了的北平。

母亲娘家住在北平西城宫门口西三条，和鲁迅先生是隔着几个门的邻居。不过，那时先生已于前两年在上海病故，仍然在这里住着的是他的母亲鲁瑞老夫人和朱安夫人。母亲娘家在西三条有两所房子，紧挨着，其中9号住着我的姥姥、大舅妈、二舅和三舅妈，11号分给我的母亲单住。我们由济南回到北平，一进9号家门，方知道，姥姥已经去世差不多一年了。母亲扑到姥姥床前抱头痛哭。一种家破人亡的惨境实实在在地落在了她的身上。这一年母亲才33岁。

母亲在北平必须完全自力更生地担起家庭的重担，因为父亲的稿费无论如何也不可能由后方寄到北平，何况父亲是知名的抗日分子，我们的一切行踪必须绝对隐蔽，稍有不慎，就会惹上杀身之祸。母亲凭借她是北师大高才生的身份，在西城丰盛胡同的师大女附中找到了一份教语文的职业。从此，她一肩担起了养活两份家业的担子，除了供养我们三个孩子之外，她还要供养婆婆和大伯子一家人。她知道，父亲是极孝顺自己的寡母的。奶奶由父亲一岁起就守寡，她不识字，靠缝补衣服和替店铺的伙计们洗衣服度日，当过工友和佣人，勤劳了大半辈子，拉扯大了五个孩子，非常不简单，让她有个吃得上饭穿得上衣的平平安安的晚年从小就是父亲的心愿，现在轮到母亲去替父亲继续完成这个心愿，她必须努力去实践，不管有多么难。

我们都改了姓，不想让日本人知道我们的真实身份。三个孩子都改姓了胡，跟妈妈姓。我不再叫舒乙，我叫胡小逸。母亲就用这种姓氏和父亲保持着一种半公开半秘密的通信关系，这种隐晦的书信是我们骨肉之间唯一的联络方式。

父亲到了武汉之后，不久就搬到青年会和冯玉祥将军住在一起。那里还住着一群由北方逃出来的爱国文人，都是父亲的好朋友，其中有何容、老向、吴组缃、赵望云等先生。他们正帮助冯先生办通俗刊物《抗到底》。

冯玉祥将军也曾经写过一首诗描述我父亲投身抗战的事迹。这位丘八诗人是这么写的：

老舍先生到武汉，

提着提箱赴国难；

妻子儿女全不顾，

蹈汤赴火为抗战！

老舍先生不顾家，

提个小箱撵中华；

满腔热血有如此，

全民团结笔生花。

当时，爱国的文人像我父亲一样，从北方、从上海、从南方，忽然都聚集到了武汉，达到数百人之众，这在中国历史上是空前的，从来没有过。北平、上海、南京都相继失守，国家存亡，危在旦夕，中国人面前只剩下一条路可走：团结起来，不管左中右，一致对外，打倒日本侵略者。在这种形势下，文艺家们迫切要求成立统一的联合抗战组织。周恩来同志代表中国共产党中央来到武汉，他一方面参与组织国共合作的新政治部，建立以郭沫若为首的第三厅；另一方面，在民间积极推动成立中华全国文艺界抗敌协会（以下简称"文协"）。中共党员作家阳翰笙率先提出筹办"文协"的倡议，立刻得到各方面的热烈响应。成立了有老舍先生参加的临时筹备会。开了五次会，于1938年2月16日正式成立筹备大会，推选老舍等20人任正式筹备员。此时，各派势力的注意力很自然地都集中在主要领导人的人选上。国民党方面想抓文协的领导权，但派不出有声望的作家；如果著名的左翼作家出面领导，又会受到国民党的刁难。周恩来、王明代表共产党，和国民党左派坚定的抗战派冯玉祥将军共同商定，支持老舍出面组织文协。在文艺界中，他有较高文学成就，有威望，有人缘，为人正直热情，任劳任怨，是个大爱国主义者。大家看中了他。3月27日，文协在汉口总商会正式成立。邵力子、周恩来、郭沫若、冯玉祥、鹿地亘等都上台讲了话。老舍以最多票数当选第一届理事和常务理事，并就任文协总务部主任。文协不设会长，总务部主任对外代表文协，对内总理会务。

4月1日，老舍先生写了一份《入会誓词》，公开发表：我是文艺界的一名小卒，十几年来日日夜夜操练在书桌上与小凳之间，笔是枪，把热血洒在纸上。……在我入墓的那一天，我愿有人赠给我一块短碑，刻上：文艺界尽责的小卒，睡在这里……

以后七年，每年连选连任，老舍先生一直担任文协的常务理事和总务部主任，直到抗战胜利。在极其艰难复杂的环境中，苦苦奋战了七年多，他实现了自己的誓言。

三、两万里劳军大远征（1939年）

1939年6月起，老舍先生根据文协理事会的决定，由他一个人代表文协参加全国慰劳总会北路分团，上各个战区去慰问抗战将士。此行东边到洛阳，北边到榆林，西边到兰州和青海，南边到襄樊老河口，行程两万多里，历时164天，合五个多月，是一次真正的远征。

文协没有盘缠给我的父亲，他自己带了几块钱，提了个小铺盖卷，买了两身灰布中山装，便上了路。

那两身衣裳，蓝不蓝，灰不灰，下过几回水以后，老在身上裹着，看起来，很像个清道夫。吴组缃先生管老舍先生这种服装叫"斯文扫地的衣服"。

那时，交通工具只有两种：一是汽车，多数情况下是有篷的卡车，团员们坐在车上的长条凳上；另外就是骑马或者骡子。

慰劳团团长是国民党元老张继先生。由后来老舍先生所写的文章和诗句中，几乎看不出此次行动的党派色彩，虽然在组织构成上慰劳团的党派色彩原本很重，但在老舍先生心中，抗战是全民族的事，大敌当前，应该团结起来一致对外，不利抗战的事则应一律免提。

老舍先生一路走，一路写，有时骑在马上，他还拿着一根小铅笔，在小本本上记录些沿途见闻或者想出的诗句。他决定写一部长诗，但可以分章分段发表。他给自己将写的新诗定下了一种特殊的形式：是新诗，文字通俗易懂，口语化，为了便于朗诵，甚至能唱，一定要行行押韵，句句押韵，有点像鼓词。这个，写起来可费了大劲，自己给自己出了难题，写这种诗可以叫作写诗的新试验，是诗的民间化的一种尝试。

长诗取名《剑北篇》，意思是出川北剑门关，到北方去。出版后，《剑北篇》得了奖，还被朱自清先生称誉为抗战诗坛"有意在使诗民间化"的两部代表作之一。

行程路过八个省：四川、陕西、甘肃、宁夏、青海、河南、湖北、绥远。沿途有多少祖国的大好河山可以歌颂，有多少名胜古迹可以探寻，有多少劳动大众的贫苦可以同情，有多少志士仁人的爱国救国奋斗故事可以描述，有多少见景生情的感慨可以抒发，所有这一切都在6000多行诗句中得到了充分的展现。无论如何，老舍先生的爱国热忱在《剑北篇》中的确得到了最充分的表达，因为它毕竟是诗啊，是凝练的语言，是心里的呐喊，是中国文人一腔赤诚的最真实的袒露。

路上父亲三次遇险，几乎遇难，但终于大难不死，活着回到了重庆。第一次在河南陕县，敌机扔的炸弹就在他的身旁爆炸，差一点被炸死。第二次在陕西黄龙山，行车途中，桥面年久失修忽然断塌，汽车滚向山涧，幸而被密林枝干撑住，得以脱险。第三次在陕北，由秋林返回宜川途中，山洪暴发，父亲骑着骡子正走在河床中间，不大一会儿，水已齐到马夫胸口，吓得马夫弃骡而逃。骡子全身发抖站在水中一动不动。前面的人大喊："勒紧缰绳。"可惜水声巨大，父亲什么也听不见，只好听天由命，此时水已浸湿鞍座。幸亏骡子爱凑群，挤成一团，前拥后推，被冲上了岸，总算得救。

父亲随慰问团曾进入陕甘宁边区，先后两次到达延安慰问，这是他的一次特殊的经历。9月10日延安各界举行欢迎大会，演出了《黄河大合唱》。毛主席在会上发表了热情的讲话，讲话全文后来发表在《新中华报》上。当晚延安举行了联欢晚会。父亲和毛主席、朱总司令并肩而坐。父亲站起来发表了即席讲话。他说他是代表大后方的文艺同仁前来向驰名中外、深入敌后浴血奋战的八路军进行慰问的。他称赞延安是敌后抗战的中心。毛主席和我父亲碰杯。父亲一饮而尽，他对着毛主席说："毛主席是五湖四海酒量，我不能比；我是一个人，而毛主席身边是几亿人民群众啊！"话声刚落，大家欢迎父亲出个节目，毛主席也站起来和大家一起鼓掌欢迎。父亲引吭高歌，清唱了一段悲壮铿锵的京戏。

他在自己的诗中，用清新活泼的诗句描述了他亲眼看见的延安：

看，那是什么？在山下，在山间，

灯火闪闪，火炬团团？

那是人民，那是商店，

那是呀劫后新创的，

山沟为市，窑洞满山，

山前山后，新开的菜圃梯田；

听，抗战的歌声依然未断，

在新开的窑洞，在水田溪水之间，

壮烈的歌声，声声是抗战，

一直，一直延到大河两岸！

这是父亲写的《延安颂》，是20世纪40年代初在大后方发表的最早的一批描写红色延安的作品之一，影响很大，传播甚远，非常可贵。

祖国感动了他，他用笔用长诗表达了自己对祖国的大爱。

四、"家在卢沟桥北边"（1940年）

　　我五岁的时候，妈妈把我送进了一个幼稚园。幼稚园位于阜成门内大街的帝王庙里，离我们的宫门口西三条不太远。据妈妈说，我到了那儿之后，不说不动，几乎和傻子一样。我就那么混了一年，到结业时，园方居然很不好意思地给了我一张文凭。妈妈说，是坐"红椅子"的，意思是最后一名。

　　当时我最快乐的事是跟着母亲去看望太太。我们满族人管奶奶叫太太。太太住在西直门城墙根的一个叫葡萄院的地方，有五间瓦房和一个大院子，是父亲给太太买的。我大爷一家跟着她住。大爷当过花把式。院里种满了树木花草。夏天满院摆着几十盆荷花。太太每次看见小孙子来了，都特别高兴。她的话不多，大概和小儿媳之间，因为文化程度不同的关系，并没有多少话可说，只是抿住嘴不住地乐。一边乐一边一个劲儿地往我的怀里塞东西，都是由树上剪下来的，譬如大红石榴，或者现摘的大莲蓬、大甜枣。太太似乎把她对远在大后方的儿子的爱和思念都洒在了孙子身上。这位勤苦了一辈子的老奶奶，她的和蔼可亲给我幼小的心灵留下了非常深刻的印象，使我常常想起她那挺直腰板的瘦小身躯和她那双长满了老茧的手。

除了老奶奶可爱的形象和幼稚园小朋友的欢闹之外，在我的童年，似乎再没有什么能和高兴连在一起的事了。那时，即便是一个孩子也知道，当亡国奴的滋味很不好受。一会儿通知家家要挂日本旗；一会儿通知窗上的玻璃要糊上密密的纸条，还要挡上黑布，以防轰炸；一会儿通知要烧书，特别是新书、洋书，一律不能留；一会儿通知家家要交二斤铁，送到日本去造枪炮；一会儿通知要上交收音机，再买日本收音机，为的是只能听日本和冀东的广播；一会儿通知要关城门，要净街，要戒严；一会儿通知不能再用法币，一律要换成伪币，否则要挨罚，轻者当街下跪，重者入狱；一会儿通知冬天没有煤烧了……街上不光有大量日本兵，还搬来了许多日本居民，有老人，有妇女，有孩子，几乎每个胡同里都有，对这些日本人，尤其是日本兵，得处处时时小心。捕人和死人的事常常发生，仿佛告诉人们，亡国和亡命差不多就是一回事。

父亲劳军回来，又大忙起来，和我们北平的死气完全是一个天上一个地下。他的忙是一个文艺界尽责的小卒的忙，忙而愉快，忙而高兴。忙的事大致是以下六大类：一是写作，他除了完成长诗《剑北篇》之外，还写了四部话剧《国家至上》（和宋之的先生合作）、《无形的防线》、《张自忠》、《面子问题》，写了鼓词，写了许多小文章，发表在各种报纸和杂志上。二是组织和参加各种文学集会、研讨会、报告会、理事会、联欢会，粗粗统计下来，一年之内开了32个会，几乎每半个月一次，频率和效率都真高啊！在没有专职驻会干事的情况下，一切自己动手，父亲戏称自己是文协的"总打杂"，这种高效率反映了对抗战的高度投入热情和高度自觉性，其热烈程度恐怕在整个中国近代文学史上都是空前的。三是发展组织，发展会员，文协分会已有八处，其地点为成都、昆明、贵阳、桂林、曲江、香港、襄樊、延安，此外晋西南、绥远、榆林、兰州也都和总会取得了联络，晋察冀边区也刚刚有了分会，老舍先生和周扬同志还就文协的工作互写了长信，公开发表后引起了很大反响。四是营救被捕的进步作家，由老舍先生出面，通过冯玉祥将军的帮助和中共党组织的营救，进步作家魏孟克、方殷、骆宾基等先生都先后获救。五是保障作家权益，争取提高稿费和保障出版税，让作家不必都纷纷改行。六是办会刊《抗战文艺》，克服一切困难，发行5000份，保本不赚，坚持办下去就是胜利。

由1939年开始，敌机不断轰炸重庆，文协会址三易其址，先朝天门，后南温泉，再张家花园。父亲的住址也一再迁徙，从一开始的重庆青年会搬到白象街《新蜀报》报馆里的一间小黑屋。在靠天窗的地方，放一张三条半腿的书桌，有一把椅子和一张床。半夜硕大的老鼠顺着电线由房顶下来常常偷袭他的衣物。雾季之后，冯玉祥将军邀父亲去他的住地陈家桥去住些日子，一则躲躲城里的酷热，二则避免频频挨轰炸。冯先生那里有两间茅草房，距大屋有几百米远，父亲一个人住在里面，与青蛙、野黄花和竹林为邻，乐得安静，倒是个理想的写作环境。冬天再返回重庆。其间父亲还去过北碚两次，在那里成立了文协北碚分会，接受了林语堂先生留给文协的房子，会见了许多在北碚工作的文友，非常快活，还写下了著名的思乡诗句："家在卢沟桥北边"。

此时，重庆的物价开始打着滚地飞涨，父亲的衣裳还是那两身斯文扫地的衣裳，置不起新的。抽的香烟一再降等级，酒已不常喝。因为赶写《面子问题》，开始头晕。生活苦了，营养不足，遂患贫血。贫血遇上了打摆子，加上工作努力，就害头晕，一低头就天旋地转，但他依然天天坚持写作，最后被迫卧倒，完全搁笔。静养一阵子之后才能慢慢恢复，身体状况已大不如前。

这一年父亲写信给远在南洋的郁达夫先生，说："达夫兄，我们四十多岁的人一点也不比年轻的气弱，专凭我们这股热烈劲儿、正直劲儿，就使他们无法不尊敬。我希望我们这股热情永不消减，一直到入了土为止。"

这是一个中国爱国文人的真实而自豪的自白。

五、吃共和面（1941年）

1941年9月我开始上小学。姐姐已经上二年级，在同一所学校。学校叫福绥境小学，离家很近。此时，北平的粮食供应开始紧张。原因是乡间的粮食均被直接征给了日本侵略军。日本统治者下令禁止了北平的所有粮食交易，粮店一律关门。实行按良民证和户口簿配给粮食的办法，发放粮证，凭粮证到指定的地方去购粮。粮证并不按时发放，零叽咕，也许三五天，也许半个月。什么时候有了粮，什么时候发，现发现买，故意不让有存粮。这一下，北平的粮食供应立刻就紧张起来，有钱也买不到粮食。小吃店、饽饽铺差不多都关了门。顶缺德的是，60岁以上的老人和六岁以下的孩子没有资格领证。孩子多的人家一下子就陷入了极度恐慌。

教我的老师是一位中年女老师，孩子多，家境困难。她曾不止一次乞求学生，如果哪家有枣树，有榆树，不妨上学时给她带点枣子或者榆钱儿来。说这话的时候，她浑身发抖，声音极小。她的这个乞求传到学生家长耳中，引起了极大的同情和震动。这类事情在北平城里是从未有过的，说明一场饥荒来临了。

赶到按粮证排队买到粮食之后，全北平的人立刻震惊了。这不是米，不是面，也不是玉米、高粱一类的粗粮，而是怪物。

日本人给它起了个好听的名字：共和面。

这极具讽刺意味。

共和面实际上是一种叫不上名字的混合物。有糠，有麸，有磨碎的豆饼，有许多叫不出名的东西，反正什么都有，包括石头、沙子，就是没有真正意义上的粮食。它总体呈灰色，和水之间没有亲和力，或沉底，或漂浮于水面，捏不成形，没有任何黏糊劲，永远是散的，连窝窝头都攒不成。弄熟之后，有股臭味、霉味，牙碜，而且硌牙，粗糙不堪，无法下咽，吃多了还拉不出来。

北平的老百姓对这东西倍感恐惧，看着它发愣，一点办法也没有，管它叫"混合面儿"。吃了后人人都消瘦了好几圈，永远有气无力，由嘴上，由肚子里，切身感到处于地狱的滋味。年老体弱者经不起这个折磨，纷纷死去。

共和面，因为曾经天天顿顿要吃它，遂成了我幼年的一个像恶魔一般的记忆，驱赶不掉，想起来总是隐隐作痛。共和面，对北平这段屈辱历史来说成了典型的受难的同义词。

后来，父亲把"共和面"写进了自己的长篇小说《四世同堂》，占了第三部的许多章，而且索性把第三部取名《饥荒》，写出了许多人间悲剧来，"共和面"的故事一直延伸到《四世同堂》结尾的情节里。

这一年是父亲的倒霉年，上半年因头晕几乎一字未写；下半年依然是在写作、讲演、旅行、开会和参加各种抗战活动中度过的。他作为主要发起人之一，将屈原投江的纪念日——端午节，定为全国的"诗人节"。他写了一篇名为《诗人》的文章，说："诗人的眼要看真理，要看山川之美；他的心要世界进步，要人人幸福。……及至社会上真有了祸患，他会以身谏，他投水，他殉难！"这句话，恰恰表明了他自己的生死观，后来，他竟真的实践了它。

在这一年里，他有一次长途旅行，就是他的滇昆之行。应西南联大几位校长梅贻琦先生、郑天挺先生和他的挚友罗常培先生之邀，父亲于8月26日飞抵昆明，直至11月10日才返回重庆，共历时77天。其间，他创作了话剧剧本《大地龙蛇》。在西南联大和中法大学讲演了五次。坐汽车上了一段滇缅公路，先后游览了大理、喜洲镇、下关、上关、苍山、洱海。沿途又在华中大学、五台中学等处讲演了五次。父亲在云南一共会见了四五十位文坛好友，使他好像是到了"文坛之家"，感到特别亲切和高兴，快活得要落泪。教授们很穷，到吃饭的时候总是一起吃价钱最便宜的小馆。回到重庆之后，像以往一样，用散文记事的方式，他写了一篇《滇行短记》，分27段，生动活泼地记述了这次旅行。

父亲的书出了不少，但收入却很少。以前写的长篇小说，由于战争的原因，版税均已停付。重庆版又迟迟未印。所以收入老是似有若无。在抗战中写的作品，像鼓词、戏剧，本是为宣传而写，自然想不到收入。写话剧，目的在学习，也谈不上挣钱。只有小说能卖钱，但因写了别的体裁，小说写得很少，收入也就差了许多。他承认，这种不计较金钱的做法有点愚蠢；但肯这么愚蠢他也很高兴。他说：天下的大事往往是愚人干出来的啊。

父亲喜欢花。他的书桌上一年四季老摆着一瓶鲜花。这瓶花能给他一点安慰。腊梅、梅花、杜鹃、茶花、水仙、菊花，都是他喜欢的花。他常常在街上买些花回来。可是战争也打破了他的这个习惯，颠沛流离，住无寻址，加上什么都涨价，包括花。他有时便在外面摘几枝青竹回来，找一个装过曲酒的陶罐，插进去，怪好看。"几枝竹叶插陶瓶"，这或许可以当作一个中国文人在战争中的清苦形象的化身，象征着他的那份顽强的执着和不屈。

六、来了秘密联络人（1942年）

1942年，世界不论西方东方都在鏖战中，北平也在苦苦挣扎中。

由于吃得不行，北平人的肚子普遍出了毛病，开始拉稀跑肚，出现了恶性痢疾，日本人叫它"虎烈拉"。这种疾病，在卫生环境不佳的情况下，特别是夏季，有传染性，而且有生命危险。日本统治者害怕了，采取了灭绝人性的"消毒法"：一旦发现有疫情，就封锁胡同，不让居民出来，在外围进行药物消毒；更有甚者，发现了散游的患者，一律逮捕，拉上卡车，送至城外，挖坑活埋。一时间，北平成了死亡之城，许多人被活活处死。消息传开，极度恐怖笼罩了整个城市，人人自危，惶惶不可终日。

正在此时，太太病故。妈妈天天忙着去处理太太的后事。忙乱之中，妈妈不慎还烫坏了自己的腿脚。裹着药膏纱布，一瘸一拐，穿着孝服，坐着洋车，咬着牙，依旧天天去忙碌。有时，她把我也带去，让我代表爸爸去尽最后的孝心，虔诚地跪在老人家的棺材后面为她守灵。出殡的那天，妈妈和我坐在一辆骡车里，一直把太太送到西直门外的明光村，埋在有爷爷象征性坟头的墓地里。妈妈在老太太的新坟上终于痛快地号啕大哭，仿佛要替老太太倒尽一辈子的苦水和艰辛，尽了她自己的，也替爸爸表达了那最后的敬意和孝心。

母亲没敢立刻就把这噩耗写信告诉父亲，过了差不多一年，才吐露实情。在重庆，父亲收到家书后，不敢立刻打开，因为已经差不多一年没有老人家的信息了。临睡觉，他终于打开了信封，得知老太太已去世一年。父亲陷入巨大的悲痛中。他连写两篇文章悼念她，一篇叫《讣告》，一篇叫《我的母亲》。在后者中，有这么一段话，后来成了名段："从私塾到小学，到中学，我经历过起码廿位教师吧，其中有给我很大影响的，也有毫无影响的，但是我的真正的教师，把性格传给我的，是我的母亲。母亲不识字，她给我的是生命的教育。"

这篇悼文的最后一句是："她一世未曾享过一天福，临死还吃的是粗粮。唉！还说什么呢？心痛！心痛！"

这里所说的"粗粮"，实指"共和面"。虽然在北平的小儿媳尽心去照料了这位老人，可她搞不到合格的粮食啊。父亲说的是真情。

年初，父亲在一封信中告诉母亲说："济和乙都去上学，好极！……至于小雨，更宜多玩耍，不可教她识字……儿童的身心发育甚慢，不可助长也。"在当时环境下，信中国家大事不好谈，只能说些家庭的事。这封信竟成了他谈自己的教育观、儿童观的一块绝好的园地。他有一套非常独特的看法，绝非是世俗的，和后来盛行于世的教育观也有十万八千里的距离。

父亲的贫血由于营养不良而日益严重，他多半待在乡下，在贫血和困难中坚持扛着文协的大旗。这一年他写了三个剧本：《归去来兮》、《谁先到了重庆》和《王老虎》。他还写了不少旧体诗，越写越有唐诗的韵味，大半是述志、思乡和交朋友的内容。夏秋之际，冯玉祥将军邀他一起去了一趟成都、灌县和青城山，而未登峨眉。

年底，父亲做了一个大胆的决定。正好有地下工作者潜回北平。父亲托他想办法和母亲取得联系，看看有没有办法带着孩子们逃出虎口。他一算，最小的孩子小雨已经五岁，可以自己跟着大人走了。铁蹄下的北平，共和面、饥荒加上虎烈拉，情况越来越糟，怎么活啊，反正老母亲已经不在人世，没有牵挂，逃吧，逃或许才有活路。

　　冬天，北平很冷。一天晚上，突然有人叫街门。开门后进来一位陌生人，满身的雪。他穿着黑袍，一身黑，戴一顶左右和后面都有遮帘的黑缎帽，前面的帽檐也压得很低。此人身材魁梧高大，但动作矫健。他把母亲拉到一旁，低声密谈。

　　后来才知道，这是一位近于侠客一般的神秘人物，河北人，姓吴名延环，负责河北、河南一带的后方游击武装抗战，并经常潜到北平来，在海淀一带的学校集中地组织地下斗争。他外号"王先生"，非常有名。日本人对他恨之入骨。但他多次躲过围捕，反而越来越活跃。这次，他返回重庆述职，遇到了父亲。都是北方人，肝胆相照，很谈得来。他可怜父亲孤身一人在外，身体越来越糟，不如把家眷接出来。他告诉父亲，他又要潜回北平。父亲便托他想想办法。吴大侠一口答应，他说他知道有一条可行的路线，能出来。噢，原来他是肩负着传递秘密"联络图"使命的！

　　出逃在望。

七、千里大迁徙（1943年）

"吴大侠"介绍的路线是一条声东击西的路线。1943年9月，刚开学不久，我们一家人，母亲、姐姐、妹妹和我，还有一位亲如一家的中年保姆陈妈，突然由北平失踪，开始了我们的大逃亡。

母亲对此行是经过了周密的准备的，花了半年多时间。先把房子抵押出去，凑足路费。其次是打点行装。父亲那边有令，要求把能带的东西——铺盖衣物，锅碗瓢盆，包括蚊帐雨伞，通通带上，到重庆就不必再购置了，此时穷啊，加上物价奇高，家里已无力再另置一份家当了。数一数，这支队伍共有两位大人，都是女性，带上三个活行李，一个十岁，一个八岁，一个六岁，随身还要携带十件大行李。

9月初开学，我上三年级，三年级就要开始强制学日文了。每个学校，包括小学，都派有日本军人当教官，身份相当于总学监。此人在学校一身戎装，挂枪佩刀，大皮靴，小胡子，他还负责教日文课。幸好，我只上了他两节课就逃走了。

母亲买了去东南方向的火车票，仿佛是到华东一带去做生意，装成布贩子的样子，和去西南大后方完全是南辕北辙。北平的日本人此时对妇女外出已取放松态度，为的是减少粮食压力。经过全身消毒，像喷壶浇水那样，我们由头到脚被洒了一身很呛的消毒水。我们由前门火车站挤上了南去的火车。

到了安徽的亳州，下车，突然向西，进入三不管地带。此地是交战的中间地带。一边日军管着，另一边国军管着，再后边是八路军管着，中间真空。要在此处将伪币换成法币。中间地带的好处是没人管，行动自由，便于穿行；坏处是可能随时被抢，特别是像母亲这样的单身妇女，带着孩子而没有男人保护，又带着那么多大行李，目标很醒目，危险极大。

我们进入了河南境内，准备由东到西穿行整个河南，基本步行，是一次真正的徒步大迁徙。到了古城开封，居然有军官主动前来指点迷津。他们都是那位大侠的正规部下，受他的指令，受父亲的委托，前来关心的。不过，他们有防务在身，并帮不上我们什么忙。我们雇了五辆两轮的排子车，由五位当地农夫拉着，开始了远征。

汤恩伯的部队在黄河花园口一带炸毁了南边的黄河大堤，造成一片汪洋，目的是阻止日军南下中原腹地。河南境内平原居多，而且河床高于内陆，黄河水一旦泄出，很难回流，永远排不出去。黄水淹了几十万平方公里的农田，几十万农民死于水患。完全是一个大悲剧。1943年秋，我们进入黄泛区时，黄水依然无法排出，还是一望无际，有的地方只有一行树梢露出水面，说明原来那儿有过一条道路。农舍几乎完全看不见，早已在水中泡塌了。我们只好在陆地走一段路，如果有路的话；再坐一段木船。把车直接拉到船上，横着放，一条船能放三到四驾排子车。上船时，临时搭两条木跳板，走上去，颤颤悠悠，很可怕。孩子，以及妇女，都由农夫一一背上船去。有的地方，水并不深，船底擦着黄泥滑行，很艰难。头上顶着毒花花的日头，地上是滔滔洪水，水也是热的，举目四望，全是黄汤，一派惨状。我们就在这黄汤里，很慢很慢地向西航行，不，是爬行。偶尔能遇见一两户地势稍高的农舍，有茶卖。赶紧跑过去，抱着大海碗，一人灌一碗。可怜，茶叶不过是几片枣叶。枣叶能给水添上点黄褐颜色。每天都要算计好，走多少里，到什么地方能歇脚，能住店。赶早不赶晚，宁肯早歇，因为路上完全没有灯啊。一入夜便漆黑一团，没有任何方向感，极不安全。所谓住店，就是把车倒进一个只有后墙而没有前脸的棚子，车把下面支一条长凳。两件行李在车上一头一尾各放一件，中间形成洼兜，人就睡在洼兜里。仰头望明月，数星星，一点不费劲。

母亲是这一路的英雄。一介文弱书生，高级知识分子，女性，身单力薄，没有出过这么远的门，每天满脸黄土，却能镇定自若，一副大将风度，指挥着几个民夫，联络住店，买食物，探路，应付盘查，跑前跑后，跨过一个又一个困难。由界首到洛阳，一路向西，500公里，我们走了足足25天。一次，已近黄昏，正走在一段大道上，路面上前后左右全是人为挖的大深坑，原意防止日军车队通过。母亲倒退着指挥车队择路行进。突然一声惨叫，她自己翻身栽进了大坑，而且摔伤了腰。她被大家救上来之后，咬着牙，说："没事，上路！"依旧挣扎着前进。这样的险情屡屡发生，都被她一一扛了过去。夜闯潼关的时候，火车顶上的难民全被低矮的隧洞活活刮下来，连人带物伴着大声的惨叫跌到车轮之下。这一切就发生在隔着车窗的眼前，几寸距离之外，真是惊心动魄，恐怖至极。母亲紧紧地搂着我们，浑身发抖，一遍一遍小声说："不怕不怕，过去了过去了。"在川北的盘山公路上，下雨路滑，大人必须下车步行，把我们三个孩子留在车上。车子却一下滑出了路面，一个前轮已经悬空。司机的助手脸都吓白了，高叫："向里打轮！"司机猛转方向盘，车子凌空一跳，才又四轮着地，而路旁下面是万丈深渊。眼看要到重庆了，卡车又一头栽进水田，动弹不得，第二天借了水牛方又拉出来。

就这样，在妈妈的率领下，走了50多天，我们一行终于在相隔六年之后，在重庆北碚和爸爸团圆了，而且，我们都全须全尾儿，毛发未损。

父亲站在公路旁迎接我们。他仿佛已经成了一位老人，刚割了盲肠，直不起腰，全身支在一根手杖上。他面色苍白，相当憔悴。像以前一样，他又用手摸了摸我的头，没有说话。小乙由分别时的两岁已经长到八岁，彼此都不认识了。这年，父亲不过44岁。

八、《四世同堂》第一部《惶惑》问世
（1944年）

　　母亲到重庆北碚之后找到一份工作，在离家很近的国立编译馆的社会部通俗读物组当一名编辑。她的部主任是梁实秋先生。父亲的朋友老向先生、萧伯青先生、萧亦五先生、席征庸先生等都是她的同室同事。她的出现引起了在北碚的北方人的注意，纷纷到家里来向她打听北平的近况，因为许多人的家属此时还留在北平。她向来访者讲述北平的惨状，非常详细，透露了许多细节。家里房子包括厨房仅有三间半，父亲在旁边默默地一遍又一遍跟着听，这些真实的细节对他酝酿的小说是非常有用和及时的。

　　在抗战的中后期，父亲的创作又慢慢地由曲艺、戏剧回归到小说。他已经在1942年、1943年创作了一些短、中篇和一个长篇。母亲到重庆后，他刚刚结束长篇小说《火葬》的写作，正在思考下一部长篇。

父亲说他要写一部很长很长的小说，是送给抗战文学的"较大的纪念品"。

父亲依然整天嚷嚷头晕。冬天，父亲身上穿着母亲给他带来的长棉袍，鞋是北方的"棉窝"。他每天起得很早，先到房子前面的大操场去打太极拳。然后坐下来吃早饭。我家的陈妈开始养鸡，为的是能下蛋，好给父亲每天煮一个鸡子儿吃。饭后父亲就站在书桌旁磨墨。四川没有好纸，全是土纸。钢笔上去一杵一个窟窿。所有的文人都改用毛笔写字。好在，他们都有功底，毛笔小楷字写得都很漂亮。父亲的稿子尤其好看。一则他每天写得很慢，也就是一上午1000字吧，二则他很少涂改，一页纸上也就涂改二三处，用墨笔将要改的字工整地涂黑，再在旁边加写别的字。他一边研墨一边构思，抽着烟，抬着头，眼睛看着远处多雾的山色。墨研好了，他便坐下来写，其间有时回到床边去玩骨牌。对这种有32张牌的骨牌他有许多一个人的玩法，玩得最多的是一种叫"酒色财气"的游戏。手上一边玩，脑子还在想下一段的写法。

他打算写北平。由抗战开始的七七事变写起，一直写到眼下。他想起了自己童年的那条北平小胡同，小羊圈。背后是护国寺。他打算拿这个叫小羊圈的地方的居民当自己小说的主人公。那自然会涉及整个一条胡同的居民，各色人等全有，而且人很多，凑在一起仿佛是一个小社会的缩影。胡同像个葫芦。他设想在胡同"胸"里有六七个院子，有独门独院的，也有大杂院。大杂院里住着不是一两户，而是好多家。故事的核心角色住在5号院，是一个有四代人的姓祁的人家。上有老爷爷，中有爸爸、妈妈，下有三个大孙子，再下有曾孙子、曾孙女。这么一想，有了地点，有了人物，有了时代大环境，又有了很具体很真实的细节，就可以往下编故事了。

父亲怕写了后头忘了前头，又怕写乱了彼此的关系，在创作之前，他特地列了一个人物关系表，他把要写的人物都列了出来，有名有姓，有职业，有人物特征，有的还有血亲关系或者年谱。数一数，大概有名有姓者就有几十人之多。他还草绘了一张地图，是小羊圈的地形和院落的分布图。像这么详尽的案头准备工作，以前是没有过的，看样子，他要大干一场了。他还写了"告示"，是一篇叫《磕头了》的短文，意思是请别人尽量别来邀他写短文了：给你们磕头了，让我安安静静专心于长篇吧。

4月，他去了一趟重庆，出席庆贺文协成立六周年和祝贺他45岁生日暨创作20年的纪念活动。4月17日，在百龄餐厅重庆文化界为他举行庆贺茶会。在阳翰笙代表文艺界起草的庆祝"缘起"中，大家赞扬他的创作是我国新文艺发展中的"一座丰碑"，在"我们的文艺史上划出了一个时代"。高度评价他为宣传为团结做了重大贡献，取得了硕大的成果。邵力子先生主持，沈钧儒、冯玉祥先生等300多人出席，郭沫若、董必武、黄炎培、茅盾、梅贻琦、顾一樵、张道藩等先生都讲了话，还演了大鼓、武技、相声、魔术等游艺节目。最后轮到父亲讲话时，他站起来已泣不成声，只喃喃地说：我要像拉车的和木匠一样，当个写家，写下去，写下去。说完便坐了下来。

父亲由重庆抱着朋友们送给他的礼物、纪念画册回到北碚，立刻如他所说，继续投入到《四世同堂》的创作中，写下去，写下去。

此时他心中已有明确的进度表：如果一天能写1000字，一年就可得三十三四万字，三年可以完成100万字。这在当时的文学创作中，也在他个人创作生涯中，是个创纪录的大数字。他计划写100章，每章一万字，正好100万字。为了出版方便可以分成三部发表，上部叫《惶惑》，34万字，中部叫《偷生》，下部叫《饥荒》，都各33万字。全部写完之后，合起来，总书名仍叫《四世同堂》。

1944年底，他果然按照计划在贫病中完成了《惶惑》。他把稿子交给了黄少谷当社长的《扫荡报》去连载，文艺副刊的责编是年轻的刘以鬯先生。单行本则由良友图书公司出版发行，责编是赵家璧先生。

父亲告诉刘以鬯先生，连载之后请把原稿还给他，而且不要在上面做任何排版的记号。他要保存这份手稿。跑防空洞时，他什么也不带，只夹着这份手稿。后来，他到美国去也随身带着它。

整整60年之后，我们孩子们将这份在"文革"中经过千辛万苦保存下来的手稿捐给了中国现代文学馆，并被国家档案部门正式定为"国家档案遗产"，它是第一批40多件国宝级"档案遗产"中唯一的一份文学手稿。

《四世同堂》是他的心血，里面实实在在有他的心，有他的血。

九、胜利中的思考（1945年）

抗战后期重庆的生活日显艰难，进步文人的日子更是过得非常压抑。父亲开始戒烟、戒酒，甚至戒茶。他说："再戒什么呢？戒荤吗？根本不用戒，与鱼儿不见者已整整二年，而猪羊肉近来也颇疏远，还敢说戒？"

母亲交给我一个任务，凡是父亲外出的时候，让我一定要跟着他，如果看见父亲被陌生人架走，赶快跑回来报告。父亲的行动常常受到特务的跟踪。所以，他曾公开地说："我八年来的所有作品，没有一篇不是为了抗战，而我后面一直跟着一个黑影。"

2月里，母亲生了小妹妹。父亲除了贫血、头晕、打摆子，又得了痢疾。有人出了偏方，说吃鹅蛋能治头晕，于是向养鹅户讨了鹅蛋来煮着吃。鹅蛋白煮后极难吃，吃得父亲想吐，遂停吃。又有偏方，说吃老鹰的肉可治贫血。

当时四川老鹰很多，随时都有老鹰偷袭到院中来捕食小鸡。可是到哪儿去淘换老鹰呢？一日陈妈去赶场，居然买了一只小隼回来。它长得虽然瘦小，在笼子中目光炯炯，威风凛凛，谁又敢杀呢？一日夜晚，黄鼠狼来偷鸡。第二天，孩子们在小山坡上发现了死鸡，是被黄鼠狼咬破喉头吸尽鸡血后遗弃的。孩子们捡回来，说可以熬鸡汤喝。父亲走过来看了看，说：埋了吧，别让它死两回！

父亲继续创作《四世同堂》，写第二部《偷生》。

此时，迎来了抗战胜利的鞭炮声。10月，父亲赶回重庆去为文协易名。协会正式改名"中华全国文艺界协会"，仍简称"文协"。准备将总会迁往上海。之后，他又参加了记者招待会，召开了纪念抗战胜利的"鸡尾烛光会"，参加了鲁迅先生逝世九周年纪念大会，他是九位发起主持人之一，此外，他积极呼吁设法接济极度困难的广大作家，帮助作家返乡，呼吁调查文化汉奸的罪行，呼吁美国士兵不要介入即将发生的中国内战……

日本侵略者发动的战争使中国蒙受了巨大损失。中国在付出沉痛代价之后取得了"惨胜"，因为差不多每个家庭都有损失，不光是在财物上，还包括人员的伤亡。在《四世同堂》中，在父亲的笔下，这种沉重损失得到了逼真的描写，以致看上去像一部死亡的大书。书中的主人公大量地死去：以祁家而言，先是父亲祁天佑受辱后投河自尽，后是老二瑞丰当了汉奸，也没得好死，他的太太胖菊子最后当了妓女，死在街头，最后是祁老爷子的曾孙女妞妞被活活饿死，祁家的老朋友、乡下的常二爷也悲惨地死了；1号院死了大儿子孟石、二儿子仲石，善良的钱太太索性一头碰死在儿子的棺材上；2号院李四大爷死在日本人的枪托下；3号院冠家五个成员，死了四个，冠晓荷，大赤包，尤桐芳，冠招弟，几乎死绝；3号院后来搬进了日本人，日本男人成了炮灰，日本女人当了慰军妇；4号大杂院里，剃头的孙七被活埋，拉车的小崔被砍了头；5号院唱戏的小文夫妇与日本人同归于尽。总之，除了恶有恶报的汉奸之外，一部分中国人被逼走上了拼命反抗的路，其余的绝大部分是无辜死去的。

老舍文学的一个极为独特的地方是它的文化特质。中国最后是战胜国，但毕竟用了漫长的八年，而且死去了很多人；活下来的北平人，以祁老人为首，也都奄奄一息，瘦得皮包骨，面如菜色。

为什么？

父亲的回答是：中国背上的文化包袱过于沉重。像高级知识分子瑞宣那样的人，长期受文化传统的熏陶，认为忠孝不能两全。他作为一个大家庭里的顶梁柱，要负起家庭的责任来，因此不能离开北平，不能出去打游击。假如大家都这么想，岂不是一盘散沙，不能很快地组织起有效的反击。八年过去了，瑞宣和大多数人一样虽然也慢慢觉悟了，但实在太迟缓，受了太大的折磨，走了太多的弯路。

父亲在《四世同堂》里对这个熟透了的文化的负面影响进行了非常深刻的反思。他说："过度爱和平的人没有多少脸皮，薄薄的脸皮一旦被剥了去，他们便把屈服叫作享受，把忍辱苟安叫作明哲保身。"作者直接批判瑞宣："他只知道照着传统的办法，尽了做儿子的责任，而不敢正眼看那祸患的根源，他的教育，历史，文化，只教他去敷衍，去低头，去毫无用处地牺牲自己，而把报仇雪恨当作太冒险、过分激烈的事。"

假如只有偷生，不会反抗，不会自卫，那么惨死便是他们的必然归宿。偷生只会给子孙留下耻辱。耻辱的延续还不如一起死亡。

后来，胜利之后，在美国，父亲终于把《四世同堂》全部写完。他在给美国友人的信中说：《四世同堂》或许是他最好的作品。他觉得《四世同堂》胜过《离婚》和《骆驼祥子》。因为，那里面有他对民族文化的清醒的全面的思考。

《四世同堂》的第一、第二部由父亲自己出资经办的上海良友图书出版公司出版了单行本。第三部手稿1949年带回国后曾在上海《小说月刊》上连载，没有单行本。后来，由于父亲拒绝修改原稿，全书一直没有再版过。"文革"之后《四世同堂》才得以首次完整地出版发行，并受到读者和评论界高度的赞扬，成了最有代表性的描写中国抗战全过程的文学作品之一。不过,《四世同堂》在国外一直声誉很高,被译成了许多种文字,在世界上广为传播。正像法国报纸最近还在评论的那样:"《四世同堂》让我们法国人想起了沦陷的巴黎。"

抗战结束不久,国内风云再次突变,父亲应邀去美国讲学。他行前在长篇回忆录《八方风雨》中用格律诗又一次表达了他的浓浓乡思,心中有一种隐隐的忧伤:

> 茫茫何处话桑麻?破碎山河破碎家;
> 一代文章千古事,余年心愿半庭花。
> 西风碧海珊瑚冷,北岳霜天羚角斜,
> 无限乡思秋日晚,夕阳白发待归鸦!

他的真正归来,而且像他所期盼的那样,真的拥有自己的半庭花,已是四年之后的1949年底。

北碚：我的第二故乡

八岁那年，我跟母亲由北平逃到重庆北碚，和父亲团聚，在北碚一气儿住了六年，直到重庆解放，才由北碚回到北京。

北碚成了我的第二故乡。

那里的一切，都是亲切的。一闭眼，北碚，60年前的北碚，就又回到眼前，真真的。

那时的北碚是个小城。城中心靠着嘉陵江，其规模也就是三五条小街吧。它的精彩之处，并不在城中心，而在周边。周边散布着无数文化教育机构，都是由北平、上海、华东、华南搬来的，里面住着一大批赫赫有名的文化人，说他们是全国的思想精英一点也不为过。

全国的精英一下子相聚在祖国西南的一个小镇，在历史上很罕见，这就是抗战！

我家住在一条公路的下边。这条公路是由重庆方向通过来的，经过沙坪坝、歌乐山、青木关、歇马场直到北碚。靠北碚的这一段，公路叫蔡锷路。

我家住蔡锷路24号。离城中心步行还有二三十分钟的路，简直就是乡下。

公路开在山腰上，我们住在山脚下。山脚下是一片水田，我们的家位于水田边上，走出去二三百米就是水田的田埂了。夏天，青蛙在水田里合唱，此起彼伏，十分响亮，倒是一点也不寂寞。

我家住的是座小洋楼，是林语堂先生建造的。他举家迁往美国之后，将房子借给了中华全国文艺界抗敌协会，成了文协北碚分会的会址。里面住过许多人，成了他们在北碚的临时落脚处。日本人1939年轰炸北碚时，曾有炸弹落在离房子左侧三米处，房子受了重伤，林先生出资把它修好，盖成砖墙瓦顶的，是北碚当时最好的建筑之一，以后就索性交给文协保管了。

小楼像重庆的许多房子一样，依山就势，前面看是两层的，后面看是一层的；左面看是一层的，右面看是二层的。方位倒是很正，坐北朝南。往东看可以眺望鸡公山，往西看又是一座小山，还有山腰上的那条公路。正南边是一个大草场，没有跑道，没有球场，只有草，平平的，是名副其实的草场，清晨成了父亲打拳的地方。再往南，正对着我们住的楼，是礼乐馆，里面有杨仲子、杨荫浏、张充和诸位先生。我们家的西北方向，在公路的两侧，有国立编译馆，是教育部的下属单位，负责编写中小学教科书和通俗读物，馆长由陈立夫兼任。母亲到北碚后在社会部工作，分在通俗读物组，同室的同事有萧伯青、席征庸、萧亦五、隋树森、老向等诸位先生。李长之先生、杨宪益先生当时也在编译馆工作。而且，杨宪益、戴乃迭夫妇当时就住在我家西侧的山顶上，孤零零的一家人。我们站在自家阳台上，一抬头，就能看见杨家的孩子在山顶上玩耍。

小洋楼有院子，正面用竹篱笆当围墙，还有象征性的大门，是两根砖垛子。进了大门，有左右两条路通向房子，右侧的直抵我家正面的入口阳台，左侧的可以绕到房后，和院子的后门相通，由后门走到一个斜坡，直通公路，那是老向先生和母亲上班的必经之路。

有一次，冯玉祥先生由陈家桥来北碚看望父亲，小卧车停在公路上。他由两名小勤护兵沿后门小斜坡"架"到我家。冯先生体格魁梧，一个人有父亲三个人那么大，他自己的腿难以支撑自身的重量，不得已，将胳膊支在勤护兵肩上，黑斗篷一罩，像个大老鹰，进门时要侧身而进。这个大老鹰给我留下了极其震撼的印象，天下居然有这么大的汉子！不愧是个天生的武将。

小洋楼的东侧没有围墙，那儿有一座和小洋楼差不多高的小山包，做了天然的屏障，山包顶上放着一大堆原木，并不见有什么人去管它们，那里遂成了我们捉迷藏和压跷跷板的好地方。

绕过小山头，在编译馆下面，有一座小学校，是北碚实验区第二中心小学，那是我的母校。我在这里由小学三年级念到高小毕业。有一年，过节，父亲要我送一只鸭子给班主任老师。他写了一张条子要我一并送上，上面写着："兹送肥鸭一只。尊师。老舍。"

没有真正意义上的大门和后门，没有严丝合缝的围墙，就方便了各式各样的"入侵者"。首先，是有蛇们常来散步。出门上厕所，不留神，竟会一脚踩到一条蛇，吓得女孩子魂飞胆丧，尖叫如被杀。萧亦五先生住在我们楼下，他当时是单身汉。他是位丘八作家，在淞沪会战中失去了一条腿，成了"荣誉军人"，遂投枪从文，当了一名作家。他有缴获的日本战刀一把。他闻声而出，挂着单拐，提着战刀，威风凛凛，要立斩巨蟒。等他"咕咚咕咚"地走到院中，尺把长的小绿蛇却早已听到动静而逃得无影无踪。我家半夜曾有小偷光顾。小偷用的伎俩是由窗缝中伸进一根竹竿来，意在挑走人家的衣物。幸亏家人睡得机警，睁眼一看，有竹竿在头上晃动，大呼"有贼"。又是萧先生见义勇为，提着战刀前来擒贼。哪知他的动静奇大，等他咚咚地拐到窗前，小偷早已跑出了二里地。长此以往，在孩子们心中，萧先生的形象早已成了勇敢的化身，备受崇拜。

小洋楼共有九间房，楼上住两家，老舍一家在西，老向一家在东，每家三间房。萧伯青先生单住一间，是西北角的那间小屋，他搬走后，这间房成了母亲的产房，小妹妹舒立就诞生于此。萧亦五先生住楼下的南房，楼下西房是我们的厨房。

正屋是父亲的书房、客厅兼卧室，面积也就是16平方米左右。北边放一张双人床，东边放一张八仙桌，加上几把椅子、凳子和一架竹竿做的小书架，便是全部家具。南墙西墙各开一扇玻璃窗。每天早上，父亲打完拳，吃完早饭，就站在西窗下的书桌前研墨。那时后方没有好纸，全是土纸，不能用钢笔，只能使毛笔。研墨是父亲每天早上的必修课。擦煤气灯罩则是父亲每天傍晚的必修课，那时乡间没有电灯，全靠点煤油灯。研墨时脑子正好可以思考。长篇小说《四世同堂》便是父亲在西窗前在研墨动作中思考成熟的。

研墨是《四世同堂》的摇篮曲。

院中有几株硕大的芭蕉树，还有几蓬青竹，夏夜风雨交加，玻璃窗上有蕉叶的影子晃动，极恐怖。但是，清晨，画眉鸟们飞到竹梢上歌唱，嘹亮动听，是最好的田园交响曲。

有画眉的歌为《四世同堂》伴奏，无一日间断，此景真是一幅永久的图画，有朝一日，我一定要把它画出来，不管画得好坏。

老舍在美国

一、缘起和历程

老舍先生在美国的时间是1946年3月20日至1949年10月13日，前者是抵达西雅图的时间，后者是离开旧金山的日子，前后共三年半。

老舍先生访美之前，有郭沫若先生和茅盾先生的分别访苏之行，前者还是在战争中成行的。这两次访问都有作者自己写的详细访问记问世，影响比较大。他们的出访，发生在美、苏两大强国争夺对战后世界形势的发言权的大背景下，是一个值得重视的信讯，美国方面自然会做出相应的反应。战后的中国政治形势正处在一个不确定的动荡局面中，国民党当局的腐败无能日趋显现，社会落后黑暗，百姓贫困，民怨沸腾，中国共产党和进步势力迅速崛起，形成某种强烈的对峙局面，一场空前的大革命正在急

121

剧的酝酿中。在这种形势下，美国外交界的一些明智之士也将注意力转向了中国的进步知识分子，作为争夺的重要对象，争取主动，谋求均势。

在美国驻华大使馆当文化联络员的威尔马·费正清（Wilma Fairbank）和在重庆美国新闻处服务的费正清（John King Fairbank）在促成老舍访美一事上起了重要作用。他们向美国国务院建议邀请两位知名的中国进步文人访美，其中一位是小说家老舍，另一位最好是知名的共产党人。为此，他们曾想尽办法和周扬、欧阳山尊等共产党人取得联系，但没有成功。最后名单被确定为老舍和曹禺，前者的长篇小说《骆驼祥子》刚刚被译成英文，取名《洋车夫》，成为美国的畅销书，而老舍本人在抗战中一直是中华全国文艺界抗敌协会的主要领导人，在文学界有崇高威望；后者的话剧《雷雨》《日出》《北京人》《原野》等使其作者曹禺的名字响彻中国戏剧舞台，成为戏剧界最有代表性的作家。

在他们离开重庆动身赴美的时候，张治中先生曾设宴送行，作陪的人中有周恩来、冯玉祥、郭沫若、冰心以及由延安来重庆求医的江青。当记者问老舍先生对赴美讲学有何感想时，他开玩笑说，此次赴美是去"放青儿"。自喻骆驼，春天，到张家口外，去吃青草，去换毛，然后马上就回来，做更长的跋涉和更沉的负重。他担心自己的肺部可能有问题，去得成去不成还得两说着。他们到上海后，上海文艺界曾举行盛大的欢送会，有百余人参加，留有合影。老舍说文协是中国最干净最华贵的团体，它做事最多而宣传最少，此行赴美，将向国外介绍中国的抗战文学的非凡成就和文协的事迹，并望国内同仁坚持文协的一贯精神。启程前美国大使馆也为老舍和曹禺举行了鸡尾酒会。

他们坐的轮船是运输船"史各脱将军号"，3月4日启程，航行17天。

到美国后，由西雅图直奔首都华盛顿，向国务院报到，确定讲学和访问日程，然后由东向西，在大半年里，再由西向东，转了大半个美国，先后访问了华盛顿、纽约、芝加哥、科罗拉多、新墨西哥、加利福尼亚，还到了加拿大的维多利亚岛、魁北克。

他们一路走，一路讲演。在华盛顿大学、在斯坦福大学的小剧场节目社会研究会和人道会议，在西雅图北部作家协会，在费城国际学生总会，在哈佛大学，在哥伦比亚大学，在雅斗文艺创作中心，在其他著名高等学校，他们做了多次公开演讲，老舍讲的题目是：《中国现代小说》《中国抗战文学》。

一年后，曹禺归国，老舍则在纽约定居，在纽约83西街118号租了两间公寓房，过着一种既紧张又孤独的写作生活，一边写小说，组织翻译中国抗战文学，一边关注着国内的战火发展。

自1948年4月起，老舍有六次外出活动：

1948年6月下旬曾到纽黑文耶鲁大学去休假数日；

1948年7月中、下旬到费城乡下赛珍珠女士的农场住过四五天；

1948年8月11日到18日，曾去好莱坞；

1948年11月底到耶鲁去了两天；

1949年1月底至2月初去迈阿密做短期休养；

1949年9月到费城度周末。

二、创作情况和翻译情况

老舍住在纽约，在两年半的时间里，主要创作了两部长篇小说和一部话剧剧本。

第一部长篇小说是《四世同堂》的第三部，取名《饥荒》，按原计划，有33章，共33万字。

《饥荒》的写作时间是1947年的第二季度至1948年6月底。

《饥荒》，从各方面判断，完全写完了，但它的命运不济，没有得以完整地出版，现在出版的《饥荒》是残缺的，不完整的。

《饥荒》写在美国式的16开大笔记本上，用钢笔，横式，有黑色的硬皮，放起来有厚厚的一摞。

《饥荒》手稿1949年被老舍全部带回祖国，1950年交上海《小说》杂志连载发表，不知何种原因，舍去最后的13章未发，在第87章后注有"全文完"字样，致使最后13章一直没有中文版。

《饥荒》更详细的内容存在于英文翻译的节本《四世同堂》中。它的翻译工作是老舍在美期间亲自帮助甫爱德小姐（Iad Pruitt）根据手稿完成的。《四世同堂》英译本1951年由美国哈科克和布雷斯公司（Harcourt and Brace Co.）出版，取名《黄色风暴》（*The Yellow Storm*）。

所谓"节译"是指根据美国出版商的要求，作者在翻译时已经对原著进行了删节，去掉了环境描写和民俗描写；出版时，出版社又二度进行压缩，去掉了个别人物，总字数几乎压缩了40%。

今日《饥荒》的中文本由两部分组成，第一部分是根据1950年《小说》杂志上连载的第68章至第87章，共20章，约14万字；第二部分，是根据甫爱德的英文译本，由马小弥女士译成中文，共13章，约6万字，和原计划相比，章数没变，共33章，但字数少了许多，应为33万字，实际只有20万字，而且其中只有14万字是原作者的，其余6万字是先"中译英"，再"英译中"得来的。

《四世同堂》的翻译者甫爱德小姐从小长在中国山东北部海边的一个美国传教士家庭里，会说中文，会看中文，但不太会写中文，在美国上大学后，又回中国工作了很长时间，是中国人民的好朋友。她完全是个传奇人物，对中国人民怀着友好的情谊，默默做了许多好事，通过社会服务、讲演、募捐、写书，帮助中国发展"工合"运动，帮助中国人民抗战，帮助中国的进步事业，立下了汗马功劳。老舍在纽约的时候，她也回到了美国，而且也住在纽约。他们采取了一种非常奇特的方式合作译书。由老舍念中文稿给她听，她随即译成英文，用英文打字机打下来，再给老舍看，确认无误，再念下一段。他们连续工作了半年，由1948年3月到1948年8月，几乎每天晚上7点到10点在一起工作。甫爱德的翻译受到了赛珍珠的肯定和赞扬，认为译得不错，取得了很不错的进展，应该继续下去。

老舍回国后，还和甫爱德一直保持着联系，通信，互寄贺年片，寄书。

20世纪90年代，在北京在中国现代文学馆主持下曾举行过一次甫爱德纪念会，隆重悼念这位美国友人，有来自美国、日本的甫爱德研究者参加。会后，甫爱德本人著作的中文翻译出版也随之而开展。

老舍在美国完成的第二部长篇小说是《鼓书艺人》，写于1948年的第二季度至1948年底，用了半年多一点的时间。上午是老舍的创作时间，晚上则和甫爱德一起从事翻译。他是个忙人。

《鼓书艺人》是唯一一部老舍取材重庆的长篇小说，描写抗战大后方的曲艺艺人生活和他们的思想转变。这部书有实际的模特，他们是有名的鼓书艺人傅少舫和养女傅贵花，都是北方人，老舍和他们是朋友，私交甚好。当时，在旧中国艺人的社会地位低下，不受尊重。艺人自己的女儿不卖唱，花钱买别家的穷女孩，培养演技，然后当卖唱艺人赚钱养家。再往后往往当作艺妓或者姨太太被卖掉，再买一个小女孩培养顶替。老舍能以平等的态度对待她们，帮她们写新唱词，教她们表演"抗战大鼓"，受到她们的尊重和爱戴，以致她们家庭的纠纷也常常请他来裁决。他曾帮助傅家养女认字，不再走"卖身"的路，开始新的生活。

　　在美国，老舍利用这段经历完成了他的新长篇小说，而且赋予它以新的思想。从这个意义上看，这部小说对研究老舍思想发展有着重要的意义，它标志着老舍思想的重大转折，可以视为其思想分期和创作阶段的转折点与标志物。

　　《鼓书艺人》是边写边译的一部书，译者是郭镜秋（海伦郭，Hellen Kuo）小姐，一位美籍华人翻译家。老舍写几章，交给郭，郭译后还这几章，再取几章新的。所以，其翻译时间大概比写作时间稍拖晚一点，开始于1948年第四季度，1949年一季度完成。英文译本正式出版是1952年，书名是 *The Drum Singers*，出版社亦是哈科克和布雷斯公司。

最大的谜是《鼓书艺人》的中文手稿失踪了。除了郭小姐之外没有人见过它，也从来未出版过。

老舍回国之后，创作的第一个大作品是一部话剧剧本，叫《方珍珠》，居然又把这个艺人题材用了一次，虽然，主题已经完全不同了，但这或许可以解释小说《鼓书艺人》中文版从未问世的原因。不管怎么说，《鼓书艺人》和《方珍珠》酷似姊妹篇，一个是旧时代的最后一部，是上篇，另一个是新时代的最初一部，是下篇，时间上相隔得最近，同一类素材被相继加工过两次，出了两个不同的作品，十分有趣，构成了文学史上的一个特殊的文学现象。

《鼓书艺人》英文译本后来被翻回成中文，出了中文版。现在读者读的中文《鼓书艺人》并不是老舍的原文，而是两度转手翻译的，先中译英，再英译中，又是现代文学史上的"独一份"。

老舍在美国写的第三部作品是一部英文话剧剧本，是一部根据他的短篇小说《断魂枪》改编的三幕四场英文话剧。手稿于1986年在纽约哥伦比亚大学巴特勒图书馆善本手稿部被发现。据说是老舍应美国学生的请求而创作的。未正式出版过，从来不被人们所知，也不知道上演过没有。

后来经舒悦翻译有了中文译文，刊登在《中国现代文学研究丛刊》上，以后由香港"勤十缘"出版社出版了中英文对照本，附在1993年"勤十缘"的《老舍英文书信集》里，由译者为此剧起了名，叫《五虎断魂枪》。它的发现对研究老舍思想变化亦有很大的用途。

根据老舍英文书信记载，他在美国还创作了一部叫《唐人街》的小说，可惜迄今未被发现，有待挖掘。

老舍在美国期间还从事了一项和创作同等重要的工作，就是向美国和欧洲介绍中国现代文学，他集中组织了四部作品的翻译工作，都是他自己的作品，即《离婚》《四世同堂》《鼓书艺人》《牛天赐传》，《牛天赐传》在英国出版，译者是熊德倪，连同伊文·金1945年的《洋车夫》，先后有五部老舍作品被集中地介绍给欧美读者。从某种意义上说，由于有了这些翻译著作，欧美读者知道中国现代文学实际是始自老舍。

在这些翻译作品中命运最特殊的是长篇小说《离婚》，这里面有一段很长的故事，按老舍的说法，他为它进行了一场丑恶的奥林匹克竞赛，并力争能在其中取胜。

《骆驼祥子》英译本成为美国畅销书之后，英译者伊文·金于1948年又翻译了老舍的《离婚》。但他做了大量的修改和增删，以致面目全非，严重歪曲了原著。老舍多次交涉无效，以致两人合作关系破裂。伊文·金自己成立了"金出版公司"，强行出版经他篡改的《离婚》英译本。老舍被迫再组织一次《离婚》的翻译工作来和他抗衡，以维护自己作品的纯洁性和声誉。这就是请郭镜秋小姐来重新翻译《离婚》的原因。老舍为此发电报给上海的赵家璧先生，请他去南京一趟，在政府那里取来了《离婚》中文版权属于老舍的版权说明书，并在上海请美国律师沙博理先生专门做了公证。这份证明打通了《离婚》郭译本在美国出版的道路。后来老舍曾诉诸法律，判决结果是金只能在自己的书店里发行其自己译的译本，不能在其他地方出售，而郭的译本则取得了在美国出版和发行的合法权利。为了和伊文·金的《离婚》译本有所区别，郭译本取名为《老李对爱的追求》。

此外，老舍信中提到他的短篇小说《马裤先生》也有英译稿，可惜，迄今未被发现，也有待挖掘。

总之，不论是老舍这阶段的创作工作，还是翻译工作，都在中美文化交流史上留下了丰硕成果，它们有分量、有影响，而且带着颇为有趣的故事。

三、老舍的美国档案

在美国依旧保存着一些当年的老舍档案、照片和文物。现在所能得到的仅仅是其中的一小部分。

信件：在哥伦比亚大学图书馆善本手稿部里保存着47封老舍致美国友人的英文信。其中一封致赫荻（Herz）小姐，他的第一任出版代理人；44封致劳埃得（David Lloyd）先生，他的第二任出版代理人。这些信件披露了六方面的信息：（一）信中有一段老舍自己评价《四世同堂》的文字："我自己非常喜欢这部小说，因为它是我从事写作以来最长的，可能也是最好的一本书。"（二）在郭镜秋翻译《离婚》过程中，老舍曾对原著进行过修改，而且自认修改后的《离婚》相当不错。对这点，至今尚无人进行过比较。（三）信中有围绕着好莱坞的《骆驼祥子》电影剧本发生的一段令人哭笑不得的故事。（四）老舍先生归国后，于1950年8月曾加入美国作家协会，而且交纳了会费，这在当时的政治条件下极为不寻常。（五）信件对老舍先生归国后的创作提供了极为生动而真实的写照，其中，对他的三位老姐姐和大哥的描述，对他归国后最初几部作品创作历程的描述，对京城种种可喜变化的描述，对政府和人民关系的演变的描述，对他自己家庭的描述，对他就任北京市文联主席后种种忙碌情况的描述，都极有价值，可以对他归国后的生活提供客观的判断基准。他由衷地、令人信服地赞扬了新政府，令人读起来极为亲切。（六）他归国后和美国友人的通信关系一直没有中断过，即便在发生了朝鲜战争的前提下，也没有停止，这相当令人吃惊。老舍通过香港要求寄钱、寄样书和寄评论剪报来，成了人民之间友谊长存的强有力印证。

在上述图书馆中还保存着两箱与老舍著作出版事宜有

关的文件，包括合同书，等等。

上述图书馆中保存着赛珍珠女士给劳埃得的信，老舍归国后曾向周恩来总理建议邀请赛珍珠访华，认为她是中国人民的老朋友，是美国最进步的作家。受周总理的委托，老舍和冰心曾联名向赛珍珠发出了正式邀请信。可惜访问未能成行。

以上这些信件的发现要归功于高美华（June Rose Garrott）教授和哥大图书馆善本手稿部的伯纳得·克里斯特先生。

在甫爱德档案中发现了老舍致甫爱德的信三件，甫爱德致老舍的信三件，以及大量有关《四世同堂》的信件，主要是甫爱德和劳埃得之间的信件。这批信件的发现主要归功于日本的山口守教授。

在美期间，老舍给朋友写了大量中文信件，但能保留下来或公开发表过的不过十封而已，其中最著名的是1946年6月5日致吴祖光的信，1947年11月2日和1949年2月9日致楼适夷的信，1948年2月17日致何容的信。这些信强烈表达了老舍想家、想孩子、想祖国的情绪，说自己很不舒服，很孤独，像丧家之犬。不过，他还是尽力鼓励了国内的同伴："我敢说，我们的戏剧绝不弱于世界上任何人，请把上面这几句话告诉话剧界诸友，请他们继续努力前进吧！"

照片：老舍归国时曾带回一些在美国期间的照片，

包括个别的彩色照片，后来全部毁于"文革"，经过多年的征集，才又陆续收集到15张。这个数目还可望增长，希望在甫爱德档案中能有所发现。现存照片中涉及的人物有罗常培、陈士襄、舒自清、黄雨清、郭镜秋、朱启平、汉斯、牛满江、赵蕴如、瞿同祖、赵曾九等。

文物：老舍归国时曾分赠了一批纪念品给朋友们，如插花的小花瓶给了郭镜秋，此类文物目前仅征集到一件，是写给友人的诗词书法作品，目前保存在中国现代文学馆内。

四、老舍的回国

由1948年下半年起老舍患坐骨神经痛病，行动不便，1949年4月病重，入Beth Israie Hospital开刀，但手术的效果并不好，行动越加不便。

1949年7月在解放了的北平召开了第一次全国文艺工作者代表大会，两路文艺大军会师北平，会上周恩来向会议主席团成员表达了邀请老舍归国的意愿，决定由郭沫若、茅盾、周扬、丁玲、冯雪峰、巴金、冯乃超、阳翰笙等一二十位老朋友联名写信给远在纽约的老舍，盛情邀请他回国。这封信由中共在美国的地下党员司徒慧敏成功地转到老舍宅中，老舍决定立即动身回国。

与此同时，国民党体系的朋友，如到台湾不久的吴延环也向老舍发出了邀请，请他到台湾去，说：第一，已经给他在国立编译馆找好了一份工作，只领工薪不上班，照旧写小说；第二，已经在台北市房荒的情况下为他找好了房子；第三，可以派人把夫人孩子接到台湾来。在费城的反共人士也曾经集会，反对老舍回北平。老舍会后表示：我寂寞啊，我真想家，真想国啊。

老舍毅然决定回国。但他当时有一个顾虑，害怕回国后被迫发表反美声明，他为此深深感到不安，他认为美国人民始终是他的朋友。

1949年10月13日老舍乘"威尔逊总统号"轮船离开旧金山，经檀香山、横滨、马尼拉到达香港。避开新闻记者的注意在香港大学侯宝璋教授家静养了24天，登上北上的小客轮经仁川抵达塘沽港。12月12日回到久别的故乡北京。

老舍在美国几乎没有写过一篇美国游记，也没有写过一篇宣传美国的文字。归国后第二天，周恩来在北京饭店会见了老舍，畅谈了很久，老友相见格外高兴，这次谈话不仅消除了老舍那唯一的顾虑，而且对老舍后来的生活起了重要作用。

归国后，老舍写过几篇关于美国的文章，它们是：

《由三藩市到天津》

《纽约一日》

《美国人的苦闷》

《美国的精神食粮》

《大地的女儿》（纪念史沫特莱）

在这些为数不多的文章中，老舍一方面坚持了一种一如既往的对美国的不卑不亢的态度，并且批评了美国的黑暗面，特别是民族歧视和精神贫乏，另一方面对美国人民表达了热情的友好态度，这也是他的一贯作风。

五、结　论

三年半的美国生活，对老舍终归是有重大影响的，大体上看，收获在四个方面。（一）交流：他完成了预定的交流访问目标，宣传了中国现代文学，尤其是中国抗战文学的伟大成就，宣传了鲁迅、郭沫若、茅盾三位中国现代文豪，发表了《中国现代小说》等重要论文和讲演，翻译了自己几部代表作，创作了在思想上有巨大转变的小说和话剧。（二）吸收：他大量地观看了美国话剧、电影和歌舞，他结识了包括赛珍珠、布莱希特在内的进步作家，他大量阅读了美国文学作品，包括福克纳的许多著作在内，达到了广泛借鉴的目的，进行了调整和休整，恰似"放青儿"。（三）观察：他不仅身临其境地观察了美国、加拿大这些发达的资本主义国家，也静观了国内的形势剧变，使他独立地做出了正确的人生判断。（四）思考：首先是思维模式的多元，见多识广，纵览天下，使他能站得高、看得远，有较高的独立思考的能力；其次是思考的深入，使他能对中国现代化进程有总体的把握。

于是，便有了老舍创作生涯的新转折，这一切，绝非偶然。

一个出生在半封建半殖民地穷困落后的国家的作家，在他成名后，先后有机会在两个最发达的资本主义国家累计生活了近十年，然后又返回祖国去效力，这是一种少有的个例，是很罕见的，但其作用是巨大的，对一个走在现代化历史进程中的爱国作家来说，极有意义，这就是"老舍在美国"这个课题给我们的启示。

老舍的1950年

老舍先生的1950年是非常特殊的一年，不同一般，宛如是一个生命的里程碑和转折点，在他的一生中占据着特别重要的地位。

开　局

老舍先生是1949年底才由美国回来的。离开美国西海岸的日期是1949年10月13日，到天津的日期是12月9日，途中走了整整58天，差不多两个月，到北京已是12月13日，错过了中华人民共和国成立的日子。不过，总算是回到了祖国，回到了自己可爱的故乡北京。算下来，他离开北京已经13年了。这13年里，包括在青岛、济南两年，在武汉、重庆九年，在美国近四年。

游子回来了，高兴啊；本人高兴，亲戚高兴，朋友们也高兴，皆大欢喜。

　　第一个来看望他的是周恩来总理，那是在老舍先生到达北京后的第二天，在北京饭店。陪同周总理来的是阳翰笙先生。当时，老舍先生被安排在北京饭店里住下，他的家属还在重庆，那里刚刚解放，待他们到北京之后再考虑长远的住处。周总理对他说：你现在有了用武之地，可以充分发挥自己的才能了。

　　老舍先生归国是应周总理的邀请成行的。1949年7月，北平举行了全国第一次文代会，会议期间，周总理召集会议的主要领导人郭沫若、茅盾、周扬、丁玲、冯雪峰等，说：现在就缺老舍先生了，他在美国纽约，邀请他回国吧。与会的著名文学家约有20人，老舍先生的老朋友，共同签名写了一封热情的邀请函，正式请他回国。此信派在美国的中国共产党党员司徒慧敏秘密交给他。后来老舍先生将这封信带回了国，夹在《鲁迅全集》的某一卷里，可惜，"文革"中被抄走，至今下落不明。同时，这个邀请信息还经过曹禺、夏衍、冯乃超等人的私人渠道也传递给了老舍先生。与此同时，台湾方面邀请他去台湾的信息也通过他在台湾的老朋友吴延环先生到了美国，开出的条件，包括工作、房子、接家属同来，都非常优厚。老舍先生决定回家，回北京。

　　三个星期后，1950年元旦之后，1月4日全国文联在北京饭店开新年联欢会，并欢迎老舍先生归国。茅盾先生、周扬先生、田汉先生讲了话，老舍先生致答词，说自己愿意学习，充实自己，希望利用写作的经验和技巧，对革命有所贡献。老舍先生还当场演说了他刚刚写好的一段太平歌词《过新年》，清唱了京戏《审李七》。2月7日在全国文联扩大常委会上老舍被增补为全国文联理事，同期增补的还有沙汀、艾芜、邵荃麟和孙伏园。

从此，老舍先生的人生经历掀开了新的一页。

组建北京市文联

老舍先生刚到北京时没有正式工作，没有工资，据说各种岗位均已分配完毕，没有他的位子。好在，他只愿写作，并不愿任职，所以，并不着急。他是多年的自由职业者，自称写家，以写作为职业，靠稿费版税为生。不过，在新社会，人人都需工作，除非立志要当家庭妇女，连"程疯子"最后都有个看自来水的工作，何况老舍先生？在抗战时，由头到尾，八年里他连选连任，当了七届中华全国文艺界抗战协会的领导人，名义上叫总务部主任，实际上对内总理会务，对外代表文协，大致相当后来的全国文联主席和全国作协主席。如今，总得有个相应的职务吧？周总理经过认真思考，建议成立北京文联，由老舍领衔，成立上海文联，由巴金领衔，这样，郭、茅、老、巴四员大将各有其位，一派和谐，有利于团结。

果然，经过紧张筹备，1950年5月28日，在北京市劳动人民文化宫举行了北京市文艺工作者代表大会，周总理出席，31日闭幕，成立了北京文联，选举老舍为主席、李伯钊、梅兰芳、赵树理为副主席，王亚平为秘书长，王松声为副秘书长，仿效重庆时代的文协，成立四个部。由杨振声、罗常培、凤子、金紫光、张梦庚、端木蕻良等人负责。

从此，老舍先生几乎每天下午去位于王府井南口霞光府的北京文联上班。上午是他的写作时间，雷打不动。北京文联初期活动频繁，即便不是节假日，也频频地举办各种联谊会、朗诵会，都有节目，老舍先生自己带头表演，他说过单口相声、唱过大鼓、唱过京戏，气氛极为活跃，而且一定不忘邀请老作家张恨水、沈从文到场。北京文联召开过各种研讨会，热烈讨论戏剧改革问题、新年画创作问题、诗歌创作问题等等。晚上则频频地听戏，既是欣赏，又是任务。这一年，老舍先生听过梅兰芳、郝寿臣、盖叫天、筱翠花、韩世昌、叶盛章、吴素秋、李少春、新凤霞、小彩舞、侯宝林……北京文联有两个文学期刊：《说说唱唱》和《北京文艺》，老舍先生都担任主编。总之，北京文联自成立就是一个朝气蓬勃的文学家之家，老舍先生不等上面交代，自己主动把北京市范围内的文学艺术方面的活儿都揽了过来，积极得不得了，真是一副主人当家做主的样子。

致力普及

　　像抗战初期一样，在解放初期，老舍先生就放弃了小说，转而从事曲艺的创作，他的理由是文盲太多，文字的作品在大众中少有读者，而时代又呼唤民众要投入到火热的战斗中，只有曲艺最方便，最适用，最易懂，最有效，能直接鼓动民众。所以，老舍先生转而去替艺人们写相声、写单弦、写大鼓、写河南坠子、写太平歌词、写曲剧剧本。作家中从事这种创作的在国统区只有老舍先生，在解放区是赵树理。解放后两人走到了一起，趣味相投，志向相同，一见如故，搞得更加起劲。现在发现了老舍先生一篇1950年2月16日的日记，上面总结来京两月以来共写了80行太平歌词，大鼓三篇共490行，三篇相声和两篇写相声与鼓词的创作经验。他的相声作品是应相声艺人侯宝林、侯一尘等的要求创作的，带有急救的性质，以满足观众强烈要求不听老段子要听新段子的愿望。年底老舍先生还组织了盲艺人学习班，也带有救济性质。他还到青年宫、文化馆和京津两地的大学去作大众文艺方面的讲演，直接宣传重视大众文艺的必要。解放初期他担任的社会职务竟有九个是属于普及文艺方面的职务，占了全部职务的大部分，这一切确实应了周扬先生在欢迎老舍先生的大会上所说的："老舍的回国将有助于中国文艺的通俗化运动。"

两出话剧

1950年暑期中老舍先生连写了两部话剧剧本，其中五幕话剧《方珍珠》给了中国青年艺术剧院，三幕话剧《龙须沟》给了北京人民艺术剧院，都于年底开始彩排。在创作《方珍珠》之前，老舍先生在纽约创作了一部长篇小说，取名《鼓书艺人》，是取材于重庆抗战时期几位北方的流亡鼓书艺人的长篇小说。边写边翻译。译者是一位华裔女翻译家，叫郭镜秋。老舍写一章，她翻一章，最后全部中文手稿都归还给了老舍先生。英文本在美国纽约于1952年正式出版。《方珍珠》等于是第二次取材于同一题材，创作时间是紧挨着《鼓书艺人》的，再写一遍，只不过第二次是以话剧的形式，而且加了第四、第五两幕，直接写到解放后。也许是由于这个原因，中文版的《鼓书艺人》始终没有发表过，而且中文手稿也下落不明，成为一个永久的谜。现在刊行出版的《鼓书艺人》是"文革"后由英文再翻译回来的，已经兜了一个大圈子，先中再英后中，在一定程度上丧失了小说的原味。

《龙须沟》是请焦菊隐先生导演的，他带了一群二十刚出头的青年演员，包括于是之、郑榕、黎萍等，加上个别的老演员，如叶子，花了好大力气，排演成功，一炮打响，不仅奠定了人艺的演出风格，而且形成了一整套人艺的演出制度，包括档案制度。周总理高度赞扬这部戏，以为是帮助巩固新政权的最佳教材，阐明了人民政府的宗旨是为人民服务。他建议周扬同志在《人民日报》上写文章，号召全国的文艺工作者向老舍先生学习，并推荐毛主席在怀仁堂观看这部戏。

老舍先生因《龙须沟》而荣获了由彭真市长，张友渔、吴晗副市长签署的"人民艺术家"奖状。获此称号者截止到"文革"前老舍先生是唯一的。彭真委员长1984年在纪念老舍先生诞辰85周年大会上曾说过这样的话："我过去认为他是人民艺术家，现在我还认为他是人民艺术家，我永远认为他是人民艺术家！"

从此，一发而不可收，在16年里，除了散文、诗歌、曲艺、小说之外，他一共创作了40部戏剧，其中发表的是26部，包括《茶馆》在内。

就这样，1950年成了老舍先生第二个创作阶段——戏剧家阶段的起点。不同寻常的一年，1950年。

在这一年里，老舍一家人搬进了东城迺兹府丰盛胡同10号小院，头一次拥有了一座完全属于自己的小三合院，可以按着自己的意志去布置它和利用它，当然，给这个小院带来了一堆有趣的故事。

丹柿百花小院

1949年12月9日，老舍应周恩来总理和众多知名文学家老朋友的邀请，由美国返回解放了的祖国，抵达天津。两天后，回到北京，开始了新的生活。他立即受到周总理的接见，并在1950年被任命为政务院文教委员会委员，被选举为北京市文学艺术工作者联合会主席。由于亲属尚未返京，他暂时住在北京饭店。

回到北京后，老舍创作的闸门一下子冲开了，真像高坝上开了闸的江水，奔腾而来，一泻万里。

他的又一个创作黄金时代开始了。

他所器重的、疼爱的、亲如手足的、走入绝境的受苦人，如今，全都翻了身，一个个全都成了堂堂正正的人，这使老舍乐得合不上嘴，打心眼里感到舒畅和兴奋。这翻天覆地的变化，在老舍身上产生了一种天生的直观的感受，而且是如此强烈，如此自然，以至用不着一般知识分子对原出身的背叛，就一下子全部体验得明了透彻。

道理很简单：因为他曾是穷人，他写了一辈子穷人。

老舍"成为写作最勤、产品最多、造诣最高的老作家之一"（周扬语）。

为了有一个安静的写作环境，老舍向周总理询问可不可以自己买一所小房子。总理的回答是肯定的。老舍请他在美国的出版代理人寄回500美元版税，换成100匹布，在东城迺兹府大街丰盛胡同10号买下一所小三合院（现灯市口西街丰富胡同19号）。经过修缮之后，老舍和刚由四川北碚返回北京的亲属于1950年4月一起搬了进来。

老舍在这所小房的院子里，养了不少花草，栽了两棵柿子树。腿病使老舍行走不便，也不能久坐。他总是写了几十个字，就到院中去看看，浇浇这棵花，搬搬那盆苗，然后回到屋中再写一点，如此循环，把脑力劳动和体力劳动巧妙地结合在一起，形成一种适合于他的工作的生活方式。

赶上狂风暴雨，就得全家总动员。几百盆菊花，要很快地抢进屋里去。第二天，天气好转，又得把它们运出来，非常劳累、十分紧张。

夏天，是昙花放蕊的时候，秋天，是菊花争艳和柿树结果的时候，老舍常约朋友们来赏花。朋友们在满树的丹柿之下，一边观赏着上百种姿色的菊花，一边品尝着北京传统食品，或许是烤肉，或许是不知道由什么地方变出来的什锦小吃。临走的时候，老舍一定要朋友们带上一些刚摘下来的柿子，或者分去一些花芽子。看见友人拿走自己的劳动果实，老舍心里特别欢喜。

不过，也有伤心的时候。下了一场大暴雨，邻家的墙倒了下来，菊秧被砸死一百多棵。老舍一连几天都心里难过。

所以，老舍说："有喜有忧，有笑有泪，有花有实，有香有色，既须劳动，又长见识，这就是养花的乐趣。"

老舍的写作间兼卧室是北屋的西耳房。在这里，老舍一共创作了24部戏剧、两部小说和大量的曲艺作品以及散文、杂文、诗歌。他被誉为文艺界的劳动模范。在书桌的上方悬挂着一幅奖状，是由北京市市长彭真和副市长张友渔、吴晗共同签署颁发的，为奖励老舍创作了优秀话剧《龙须沟》而授予他"人民艺术家"光荣称号。老舍的另一个光荣称号是"语言大师"。他创作的三幕话剧《茶馆》，由于语言艺术的炉火纯青而被当作社会主义话剧艺术的代表作。《茶馆》后来成为第一出走向世界舞台的中国话剧，它的演出轰动了西欧、日本、中国香港、新加坡和加拿大，国内外观众对老舍语言一致给了极高的评价。

在老舍的客厅里，既可以遇见国家领导人、著名作家、演员、画家，甚至外国的大主教，也可以遇见送煤的工人、送牛奶的青年、街道上的大嫂、警察、瓦匠、花匠、少先队员、中学生、大学生、教师、编辑、记者、卖画的、护士、拳师、战士……当这些朋友来访的时候，老舍给他们泡香片，请他们看花、看猫、赏画、看他收藏的名伶画扇，有时朗诵一段刚写的作品请他们提意见。欢乐的笑声常常充满了整个小院子。这是一个让人人都感到亲切和愉快的家。

1954年5月，老舍夫妇摄于院中月季花前

老舍一直在这里住到1966年8月24日突然离开人世为止。18年之后，丹柿百花小院被政府确定为北京市文物保护单位，一块白大理石放在院中，上刻着几个大字："老舍故居"。各色各样的人，像老舍先生活着的时候一样，川流不息地来到这里，他们渴望了解老舍先生的一切。这里，又成了一个"有笑有泪"的地方。

（原载《北京名人故居》，北京燕山出版社，1994年）

北京 —— 创作的源泉

　　不论是从作品数目，还是从字数上看，可以说，老舍作品的大部分是写北京的。这构成了老舍著作的一大特点。它们的"北京味儿"很浓。

　　所谓"北京味儿"，大概是指用经过提炼的普通北京话，写北京城，写北京人，写北京人的遭遇、命运和希望。

　　老舍的代表作，一般公认的有长篇小说：《离婚》《骆驼祥子》《四世同堂》《正红旗下》；中、短篇小说：《微神》《月牙儿》《我这一辈子》；话剧：《龙须沟》《茶馆》。这九部代表作，巧得很，全部是写北京的。可以说，老舍作品中最精彩的部分是写北京的。

　　老舍生在北京，长在北京，一生67年中在北京度过42年，最后在北京去世。不过，在他从事写作的41年里，大部分时间却并不在北京，只有解放后17年是真正在北京度过的。不论是在伦敦，在济南，在青岛，在纽约，他都在写北京。他想北京，他的心始终在北京。

老舍的一个重要文学主张是作品中要有特定的背景，有具体的地点、社会、家庭、阶级、职业、时间。他反对"有那么一回""某地某人"式的写法，认为那像古代流传下来的故事，近代小说不应如此。老舍自己的实践是严格遵循了这一主张的。作为这一主张最明显的例证是下面这个事实：老舍作品中的地名绝大多数都是真实的。

据笔者统计，在老舍作品中共有240多个北京的真实地名。这种细节上的真实是老舍作品的现实主义风格的显著特点之一。

从分布上看，老舍作品中的北京地名大多集中于北京的西北角。

"西北角"对老城来说是指阜成门—西四—西安门大街—景山—后门—鼓楼—北城根—德胜门—西直门—阜成门这么个范围，约占老北京城的六分之一。城外则包括阜成门以北，德胜门以西的西北郊外。老舍写的故事大部分发生在这里。

《老张的哲学》以德胜门外、护国寺两地为主要地点。

《离婚》以西四的砖塔胡同为主要地点。

《骆驼祥子》以西安门大街、南北长街、毛家湾、西山为主要地点。

《四世同堂》以护国寺小羊圈胡同、土城、西直门外护城河为主要地点。

《正红旗下》以护国寺小羊圈胡同、新街口、积水潭为主要地点。

有趣的是，和老舍作品的故事大都发生在北京的西北角这一现象相对应的现象是：老舍本人的早期经历和活动也集中在这一地区。

细细统计一下，在老舍1924年去英国之前，他在北京住过、工作过、学习过的主要地点一共是20处，其中有14处是集中在北京的西北角的。

在清朝的时候，北京的最西北角属于正红旗，北部偏西属于镶红旗。

老舍的父亲是正红旗的护军，老舍熟悉北京的西北角是和他的族籍有直接关系的。

老舍的母亲是德胜门外土城一带的旗人，土城是老舍的姥姥家所在地，老舍家的祖坟也在离姥姥家不远的一个叫明光寺的地方。到姥姥家要出德胜门，上祖坟要出西直门。

他的第一个小学是个改良私塾，在离小羊圈半里多路的正觉胡同的一座道士观里。

他的第二个小学在西直门大街上，高井胡同对面，以前叫京师公立第二两等小学堂（现拆除）。

他的第三个小学在南草厂街，以前叫京师第13高等及国民小学（现拆除）。

他的第一个中学在祖家街，是公立第三中学。

他的第二个中学即北京师范学校。由上北师开始，老舍开始离家住校。北师是一个管吃管住管学费甚至发鞋发帽子的一切都公费的学校。当时报名者极多，只择优录取50名。老舍报了名，被录取之后，他才告诉母亲。他太爱读书了，母亲的财力完全养不起一个中学生，老舍考上了北师，他的高兴和母亲的喜悦是可想而知的。入北师之后的前两年多，学校在西城丰盛胡同（现拆除），后两年多在西城端王府夹道（现拆除），老舍始终住校。1918年老舍以优异的成绩毕业于北师，被教育局直接派到京师第十七高等及国民小学去当校长。

以上提出的几处，多数都在护国寺和西直门之间。

京师第十七高等及国民小学地点在东城方家胡同（现为方家胡同小学），他既在学校办公，也住在学校。

以后，1920年他升任北郊劝学员，他的办公地点在德胜门外关厢北边的华严寺（现德胜门大街122号）。此时他住在北京师范学校附近的翊教寺公寓。

老舍1921年大病过一场，曾到卧佛寺去养病，病好之后搬到西直门大街上的儿童图书馆居住（现西直门大街57号），以后搬到西四缸瓦市伦敦会基督教堂去住。在那里一边上英文夜校，一边帮教会做些社会服务工作。

1922年秋，老舍正式辞去北郊劝学员的职务，到天津南开中学去教书。1923年春，老舍回到北京，先后在北京教育会一中和灯市口北京地方服务团工作。北京教育会在北长街（现北长街小学），所在地以前是雷神庙，它的东北角有一间小北房，是老舍的宿舍。老舍在地方服务团（现拆除）工作时曾到燕京大学旁听英文。

由于有这些经历，可以得出以下的结论：

一、在童年和少年时代老舍熟悉了护国寺、西直门、新街口、土城；

二、在任北郊劝学员时期他熟悉了德胜门内外、积水潭；

三、在养病时期他熟悉了西山一带；

四、在缸瓦市基督教堂时期他熟悉了砖塔胡同、西安门大街、西四；

五、在教育会时期他熟悉了南北长街；

六、在一中、地方服务团时期他熟悉了旧鼓楼大街。

这些地方日后几乎全都成了老舍作品的主要地理背景，被写进《老张的哲学》《赵子曰》《离婚》《骆驼祥子》《四世同堂》《正红旗下》。

北京西北角是老舍的摇篮，北京西北角也成了老舍作品主人公的故乡。北京是老舍的创作源泉。

老舍在《想北平》一文中有一段话十分感人："面向着积水潭，背后是城墙，坐在石上看水中的小蝌蚪或苇叶上的嫩蜻蜓，我可以快乐地坐一天，心中完全安适，无所求也无可怕，像小儿安睡在摇篮里。"

他真爱北京。

老舍是爱国主义作家，他的爱国是通过爱北京表现出来的，是通过他爱积水潭的小鱼，爱高梁桥的垂柳，爱顶小顶小的小羊圈胡同，爱祥子，爱程疯子，爱王掌柜，爱祁老人，爱母亲表现出来的。

老舍是由北京的贫民小胡同中生长起来的作家，浑身上下带着固有的特点，就像他多次描写过的北京城墙砖缝中的小枣树一样，土壤、营养都贫乏到极点，可是它依附在母亲——雄伟古城的胸口上，顽强地钻了出来，骄傲地长成了树，从而独树一帜，别具风格，令人赞叹不已。

1952 年写作照

老舍和书的故事

老舍先生是读书人，也是写书人，一辈子和书打交道，留下了不少和书有关的故事。

写家（老舍先生总称自己为写家，不说作家）离不开字典，老舍先生的案头老有一部字典，他常常在写作过程中使用它。这是一部按语音查部首的字典，而且是老式的，是按"ㄅㄆㄇ"那种。这种字典对写作来说很实用，先知道音，然后按音查字。

现在找到的最早的一本老舍藏书竟然是一部《辞源》，扉页上有他的题词。写得很有些伤感，大意是：买不起大部头的，好歹总算有了一部属于自己的书。

这段话算是他的藏书之"源"吧，带着他的人生苦涩。

老舍先生自打师范毕业之后，他的第一个读书高潮是英国时期，即1924—1929年期间，那时他25—30岁，正在英国伦敦大学东方学院当讲师，教英国人说中国话和念四书五经。空余时间很多，为了学好英文，他开始大量阅读英文的原著。

那个时期的阅读方式明显分为两个阶段：第一个阶段可称为"乱读"，第二个阶段为"有选择的重点读"，又叫"系统读"或者"一人一部代表名作"。

对"乱读"，好理解，即抓到什么念什么，无计划、无选择，其中有名著，也有女招待嫁给了皇太子这样的东西。"乱读"并不是什么专业的书都看，对他来说大部分还是文学类，有少量的科幻读物，如威尔斯和赫胥黎的著作。"乱读"也有很积极的因素，在最早的读物中有莎士比亚的《哈姆莱特》，有歌德的《浮士德》，有狄更斯的《大卫·科波菲尔》等名篇。老舍先生喜欢上了狄更斯，觉得很合他的口味，视他为写作的老师，很想模仿他，自己也试一试。做比较文学的学者曾以嬉戏的口吻说，以老舍的文学成就而论，可以比作英国的狄更斯或者俄国的契诃夫。这样的比喻，不是一点道理也没有。

为了学英文，老舍开始念名著，而且是系统地念，由希腊悲剧念起，当然只是念英译本。据他自己说，念得很辛苦，因为有的名著并不好念，念起来索然无味。那也不怕，愣念，死啃！

所谓系统地念，是有次序的，先读欧洲史，再读古希腊史，然后是希腊文艺，古罗马史和古罗马文艺。古希腊是由《伊利亚特》开始，接着是荷马的《奥德赛》。可惜，都不太喜欢。看了希腊三大悲剧家之后，又看了阿里斯托芬的希腊喜剧，觉得喜剧更合他的口吻，和他正在写作的长篇小说《赵子曰》在风格上也很合辙。他最喜欢希腊短诗，它们让他沉醉。古罗马的文字让他感到气闷，包括弥尔顿和维吉尔的诗，他只从罗马散文中体会了罗马的伟大。读完了这些，该读中古时代的作品了，他读了北欧、英国、法国的史诗，均不甚了了。他非常喜欢文艺复兴时意大利但丁的《神曲》，几种译本都收集到了，还读了关于但丁的论著，一时成了"但丁迷"，以为《神曲》是天才和努力的顶峰，让他明白了文艺真正的深度，《神曲》里不光有人间，还有天堂和地狱，让他明白了肉体和灵魂的关系，而文学是应该关注灵魂的。

对20世纪十七八世纪欧洲的复古主义作品，他颇有好感，觉得文字应该先求简明和思路上的层次清楚，然后再说别的，这点很可借鉴。

最后读到近代的英法小说，此时，大概已是1928—1929年，他已开始写长篇小说《二马》了。他先打听了近30年第一流作家和每一位作家的代表作。订了一个计划，对每一位作家最少要读一本作品。可惜，那个时代的小说实在太多，名著也多，常常读了一本代表作之后，忍不住要再读他的另外的名著，而使计划落了空。英国的威尔斯、康拉德、梅瑞狄斯，法国的福楼拜、莫泊桑的小说都占去了老舍很多时间，好像一下落在了小说阵里。这些小说对他产生了很大影响，让他明白现代小说要用引人入胜的方法去做某一事物的宣传，要有写实的态度和尖刻的笔调，要成为人生的教科书和社会的指导者，而不只供消遣，但又不是社论和说教，要健康、崇高、真实。多读，知道的形式多了，可以有助于寻找到最合适的写作形式，但又不刻意去模仿某一派的文风。

1930年回国后，老舍先生又读了许多19世纪俄国的作品，觉得它们是伟大文艺中"最"伟大的。

为什么一位没有正规大学学历的人，居然回国之后，敢于先后在两个著名的高等学府开了多门的文学课程。这就是因为老舍先生在英国的五年之内念了不少书，肚子里有货了。老舍先生先后在齐鲁大学、山东大学开了以下这样的课：

"文学概论"

"文艺批评"

"文艺思潮"

"小说及作法"（又名"小说作法"）

"世界文艺名著"

"欧洲文学概要"

"高级作文"

"欧洲通史"（又名"西洋通史"）

当然，开这些课，按大学里的规定要亲自写讲义，由学校刻印后发给学生。老舍先生备课极认真，白天躲在图书馆里看书写讲义备课，并没有时间写长篇的小说。仅以现在发现的舒舍予著齐鲁大学的《文学概论讲义》为例，他在此书中直接引用了多达140位古今中外学者和作家的论述、作品和观点，可谓丰富多彩、旁征博引、扎实有据。至于他的长篇小说，虽然一年一部，但都是在暑假中"玩命"才写出来的，而绝不肯在授课期间，在用功读书上马虎，误人子弟。

这就形成了他的第二个读书高潮，以备课为中心的读书高潮，目的性很明确，有他的讲义为证。

老舍先生买书藏书始自英国。当时他的年薪相当低，只有250英镑一年，相当一个本地大学生的助学金。三年后，经过申请，才涨到300英镑。他还要寄一部分薪金回国赡养寡母。由于经常吃不饱饭，处于半饥饿状态，身体过瘦，得了胃下垂的毛病。但他还是精打细算，省钱买书。回国时竟带回来不少图书，其中最珍贵的有原版的《莎士比亚戏剧》全集。

到济南、青岛教书时，薪金之外还有稿费，生活条件大为改善，他开始大规模购买图书，书屋里有不少书架，到抗战前夕已有相当规模的藏书。

1937年七七事变爆发，那些书籍、字画、家具以及书信都下落不明。后来听说，日本军队进驻了齐鲁大学，学校的资产被洗劫一空。老舍先生对这次重大损失伤心不已，从此以后，老舍先生基本上不再买书，免得丢了以后太伤心。

他的悲剧也是当时全中国读书人共同的悲剧，时代所定，无一幸免。

1949年以后，老舍先生又开始存书了，不过真正自己买的并不很多，绝大部分是赠书。新版《鲁迅全集》出版时，第一时间，他派子女去新华书店排队购得一套，整整齐齐地放在书架上，并把由美国带回来受周总理之命邀请他回国的信函夹在《鲁迅全集》的某一卷里。可惜，"文革"抄家时连书带信全被抄走。归还时，《鲁迅全集》已不是原书，珍贵信件下落不明。

书架上有一套解放区新文艺丛书，有四五十本。他曾利用这套书的书名于1950年初改写了一篇传统相声——《文章会》，是贯口活，交给以侯一尘、侯宝林为首的相声改良小组的艺人，让他们在大众曲艺社里排演，在正阳门城楼上正式演出，从而掀开了相声改良的序幕。

此后，老舍先生的藏书基本上都和他的写作有关，是直接为他的创作服务的，属于创作资料，譬如他有一大批义和团的史料书籍，是为创作话剧《神拳》而专门搜集的。还有康熙皇帝的有关史料，这是毛主席建议他写康熙大帝之后特地找来阅读的，不过，这个题目对他来说太过陌生，他并未动笔。

老舍先生最喜欢的书是什么？

诗人里他喜欢李白、陆游、苏曼殊、吴梅村的诗词。

古典小说里他喜欢《红楼梦》《金瓶梅》。

现代作家中他最佩服鲁迅。在重庆纪念鲁迅逝世二周年、四周年、六周年、九周年纪念大会上，他两次当众朗诵《阿Q正传》，一次是第2章，一次是第7章，受到热烈欢迎。1956年在北京纪念鲁迅逝世20周年大会上，老舍先生致了开幕词。

他根据英文翻译过叔本华的作品，翻译R.W.Church写的长篇论文《但丁》。翻译过F.D.Bereford的奇幻故事《隐者》。还翻译过Algernon Blackwood的小说《客》。

为纪念萧伯纳，翻译了他的两幕话剧《苹果车》。

他于1935年写过一篇以"我最爱的作家"为题的论文，题目叫《一个近代最伟大的境界与人格的创造者——我最爱的作家——康拉德》。

1934年在《人间世》杂志19期上，对回答征询"1934年我爱读的书籍"一栏中，老舍先生的回答是："（一）《从文自传》；（二）*Epicdnd Romahcby* W.P.ker；（三）《古今大哲学家之生活与思考》。"

由以上这些并不完整的译著清单、论文和征询回答也可以看出老舍先生读书的趣向和多样，还有做学问的深度；虽然，只是全景中小小的一角。

慢慢写，别太快

老舍先生写文章并不慢，可是，也不快，架不住一生勤奋，成了多产作家。

不停笔，慢慢写，雷打不动，终年劳作，精雕细刻，铁杵成针，滴水穿石，这是老舍先生的写作特点。

年轻的时候，他一天能写2000字。当时一部长篇小说大约15万字。暑期里可以天天写，一天2000字，70天左右便可完成。写顺了手，写入了迷，还可以提前20多天；不过，大热的天，挥汗如雨，手臂之下垫着手巾，防止汗透纸背，倒颇有几分"玩命"的架势。

时间的分配大致是这样：早早地起来，打拳，吃早饭，7点钟就坐下来写，写到9点，得2000字。9点以后，天已大热，被迫停笔休息。脑子可是不能停，为第二天的2000字琢磨着，终日完全生活在自己小说的创作之中。

这种习惯差不多维持了一辈子，当了职业作家之后，也基本上如此。

脑子不停地转，身子做什么呢？他有他的办法和习惯。

其一，是玩骨牌，一个人玩。骨牌这种东西现在几乎失传了，外表很像麻将牌，但和麻将有三点不同：一是张数不同，骨牌一副是32张，比麻将牌少得多；二是牌面花色不同，麻将分筒、条、万，骨牌则论点；三是玩法不同，最常见的骨牌玩法是双人和多人的"接龙"与"推牌九"，前者相当国外的"多米诺"，后者有赌博性质。骨牌一个人的玩法则完全不同，它纯粹是文人的游戏，典雅，有趣，而且花样多。老舍先生比较喜欢的玩法有"过五关斩六将"、"拿大点"和"酒色财气"。骨牌吸引老舍先生的地方是既不太动脑子，又变化无穷，跟着手气走，结果莫测，其乐融融。他的一副骨牌跟随他走了一辈子，他走到哪带着它到哪，永不离身。写半个钟头，停下来，坐在床边，玩一阵骨牌；脑子却仍然在稿子上，思索着下一段，想好了，把牌一推，站起来，走向书桌，再写。玩骨牌实际是他的中间休息。这种休息方式极为独特。

其二，是摆弄花草。老舍先生一辈子爱花草。有了自己的小院子之后，更是实践不断。种菊是他的拿手。菊花以多品种而著称于世。多的时候，家中有100多个不同品种，总数有300余盆。菊花的培育很有讲究，周期长达一年，工序繁杂，哪个环节跟不上都会导致失败，加上养的盆数多，需要付出极大的体力劳动量和精力。老舍先生每写一段文字，需要活动一下腿脚，便走到院中，浇水，剪枝，拿虫，施肥，换盆，一趟一趟地穿梭在院中，默默地忙碌着。手和脚忙着，脑子仍不停地思索。想好了，放下喷壶或者花铲，拍拍手，坐下来开始写下一段。

尽管有玩骨牌和摆弄花草充当他的休息，全身心地扑在写作上是毋庸置疑的事实。生命在案头。脑子永远忙着。推敲再推敲。

他有一句名言，这句名言使他得罪了许多编辑："谁私下改我的标点符号，男盗女娼！"在别人眼里，他太骄傲，改一个小逗点，何至如此骂人。他却真诚地说："他是不知道啊，我的每一个逗号，每一个分号，每一个惊叹号，都是想了再想，再三斟酌了的。他弄不懂，可以问问我，可千万别给我轻易地改啊。"

一个文人对待自己的文字乃至一个逗号，竟是如此的"较真儿"，这也是一种执着。

老舍先生写作的速度，总体上看，在他的一生中起伏不是太大。既没有特别慢的时候，也没有特别快的时候，总是一副字字推敲的样子；但是，确实有丰收年和歉收年之分。丰收年的写作速度一般较高，可以达到日产2000字，甚至3000字；歉收年的写作速度一般较低，平均日产千字。不过，这里说的"歉收"仅仅是指数量，质量倒不一定，也许恰好相反，往往写作速度越慢，作品质量越高。1936年的《骆驼祥子》，1944年、1945年的《四世同堂》，1961年的《正红旗下》都属于速慢而质高者。正如老舍先生自己所说："虽然每天落在纸上的不过是一二千字，可是在我放下笔的时候，心中并没有休息，依然是在思索；思索的时候长，笔尖上便能滴出血与泪来。"

对《正红旗下》，老舍先生甚至说过这样的话："近来，我正在写小说，受罪不少，要什么字都须想好久。这是我个人的经验，别人也许并不这样。"（《戏剧语言》，1962年3月）

老舍先生爱用"在心里转圈儿"这样的比喻。他说要用写诗的方法去写散文。写散文，文字须在脑中转一个圈儿或几个圈儿；写诗，每个字须转十个圈儿或几十个圈儿。倘若用写诗的方法去写散文，习惯了脑子多转圈儿，不断推敲，笔下便会精致一些。

老舍先生主张文章在发表之前要多改，甚至反复改。他说：什么叫剧作家，剧作家就是"锯作家"，对自己的剧本不断地用锯子锯，不断地加工。他说："字纸篓是我的好朋友。"他还说：名作家也有废品，必须不断地扔，扔进字纸篓，不必惋惜，没关系；保证篇篇都成，是自欺欺人，没有那种事。

老舍先生喜欢当众朗诵自己的作品，包括小说和剧本在内。他常常在家中招待一群朋友听他朗诵。目的是两个：一是征求意见，听听大家的反映，准备接受批评和采纳建议；二是自己念着感觉一下，有没有拗口的地方，有没有废话，听听语言的音乐性如何。在老舍先生晚年，他的朗诵成了一项特别受欢迎的节目，远近闻名，他自己也乐此不疲，越发热衷，而且常常把这一条当作一个好经验，告诉年轻的写作朋友：写完了，不忙发，多念几遍，不会吃亏的。

老舍先生和齐白石老人是好朋友。他发现齐老人下笔并不快，和只看画的感觉相去甚远。画公鸡尾巴，表面上看，似乎是大笔一挥，一蹴而就，潇洒之至。现场观画，原来齐老人行笔相当慢，很慎重。画完了，把画挂起来，坐在对面，隔着一定距离，端详良久，如果需要便修改一下，再题词署名加印。齐老人是天天作画的，天天有定额，而且没有节假日，生了病，病后还得把病中落下的画补出来。多次观察下来，老舍先生把齐老人视为同党，觉得完全是一个脾气，心心相印。他们都是穷人出身，都是以勤劳为荣的人，都是不怕慢只怕站的人，都是重视发明创造而不因循守旧的人，都是走自己的路闯自己的风格的人。他们一个以画为生命，一个以写为生命，在艺术道路上精益求精，有许多共同的语言。

无独有偶，老舍先生也喜欢梅兰芳大师对艺术的一丝不苟。两人在外出时，常常主动要求住一个房间，好彼此照顾，也好彼此学习。老舍先生推崇梅先生扎实的基本功，推崇梅先生对做戏的毫不含糊。他常常对学唱青花的女孩子悄悄地说：你们瞧瞧人家梅先生唱戏时的脖子，瞧瞧他的双手，都细细地扑了粉；不像你们，脖子和脸两个色儿！

由此可见，老舍先生自己奉行的哲学，包括他所喜欢的做派，他所追求的目标，都是那个近乎苛求的认真和执着。

面对当今文坛的浮躁，动辄就是日产万字，老舍先生的勤劳，不紧不慢、连一个逗号都不马虎的精神，或许是一股清新的风。

（原载《前线》，1999年第1期）

老舍教子八章

老舍先生称自己为"写家"，不说"作家"，还称自己为"文牛"。实际上，这是他的一种人生观。

纵观他的一生，不论是办教育，还是当作家，都围绕着一个大问题——怎样做人。

在儿童教育上，他有一套独特的思想，既是针对自己的孩子的，也是泛指所有的孩子的，算是他的教育思想吧。细想起来，有以下八条：

一、"木匠说"

1942年8月，老舍先生曾写过一篇叫作《艺术与木匠》的文章，其中有这么一段："我有三个小孩，除非他们自己愿意，而且极肯努力，作文艺写家，我决不鼓励他们；

因为我看他们作木匠、瓦匠，或作写家，是同样有意义的，没有高低贵贱之别。"这是一种反传统的教育思想。第一，干文艺并不比当木匠高贵；第二，干文艺比作木匠还更艰苦；第三，干文艺更需要一些基础，诸如文字要写得通顺，要有生活底子，还应至少学会一种外国语。

1949年在重庆，朋友们为老舍先生祝寿，并祝贺他从事写作20周年，大家说了许多鼓励的话，轮到他致辞的时候，早已泣不成声，只喃喃地说出一句来："20年，历尽艰苦，很不容易，但是拉洋车、做小工20年也很不容易，我定要用笔写下去，写下去。"依然是把当作家比作拉洋车和做小工。

二、"不必非入大学不可"

这倒不是说，他自己没有上过大学就不主张别人上大学。他说的是"不必非入大学不可"，是一种反对"唯有读书高"的思想。这也是一种反传统的教育思想。老舍先生在给妻子的一封信里谈到对孩子们的希望时写道："我想，他们能粗识几个字，会点加减法，知道一点历史，便已够了，只要身体强壮，将来能学一份手艺，即可谋生，不必非入大学不可。假若我看到我的女儿会跳舞演讲，有作明星的希望，我的男孩体健如牛，吃得苦，受得累，我必非常欢喜！我愿自己的儿女能以血汗挣饭吃，一个诚实的车夫或工人一定强于一个贪官污吏，你说是不是？"他还进一步说："书呆子无机会腾达，有机会做官，则必贪迂误国，甚为可怕！"

他主张念书，以知识救国，以学问强国；他反对读书去走仕途，如果这样，则不如去当一名诚实的木匠，因为木匠做的桌子或柜子对社会有用。

三、儿童"宜多玩耍"

老舍先生特别珍视儿童的天真，认为这是天下最可贵的，万万不可扼杀之。

谈到自己第二个女儿小雨，他说："至于小雨，更宜多玩耍，不可教她识字；她才刚四岁呀！"

老舍先生主张维护儿童天真活泼的天性，不可强求，更不可处处约束。

老舍先生最害怕看见"小大人""小老头""少年老成"，一看见小孩穿上小马褂，一举一动全像大人，便想落泪。

老舍先生有一句名言："哲人的智慧，加上孩子的天真，或者就能成个好作家了。"可见，孩子的天真，在他眼里是何等重要，何等神圣！

四、"不以儿童为玩物"

老舍先生说："每当摩登夫妇，教三四岁小孩识字号，客来则表演一番，是以儿童为玩物，而忘了儿童的身心教育甚慢，不可助长也。"其错误在于：是以大人为中心，而不是以孩子为中心。首先是为了满足大人的虚荣，而不是真正为了孩子的发育，一句话，是以儿童为玩物；其次方法不当，往往超越了儿童身心发育的实际水平，违反自然规律，成为拔苗助长。

五、"不许小孩子说话，造成不少的家庭小革命者"

老舍先生提倡对待儿童必须有平等的态度，主张尊重儿童，像对待好朋友一样。在这方面他是身体力行的。

对中学生，他以姓名相称，不再叫小名，表示尊重；

会主动伸出手，行握手礼，以视平等。

孩子们送小礼物给他，他必定当场回赠，一时找不到合适的礼品，就毫不迟疑地把自己的皮手套、衣服、皮鞋回赠出去，或者把自己的作品送上，还要签名。两倍地甚至十倍地报答对方的好意。

他爱给儿童写信，在信中常用幽默的话彼此开玩笑，甚至悄悄地向儿童宣布自己的写作计划。《四世同堂》第三部的写作大纲便是在给冰心的大女儿——一位中学生的信中首次披露的。在他面前，孩子可以自由说话，他认为孩子有权如此，并希望普天下的父母都有这样的态度和胸怀。

六、"崇尚大自然"

老舍先生曾领着小学生们去中央公园向花鞠躬。他说，花、植物都应该受到尊重，要以一种虔诚的态度对待它们。他不让小孩子用笼子养鸟，说应该让它们自由地飞。他爱把矿物标本送给孩子们，以为这既有趣又有益，是极有价值的礼品。

老舍先生更喜欢乡下孩子。虽然，他们穷，甚至脏，可是他们纯朴、忠诚、讲义气、人格高尚，而且知识广博，懂得大自然的许多奥妙。他希望孩子们尽量贴近大自然。

七、"鼓励创造"

老舍先生喜欢看儿童写大字，以为是一大乐趣。"倒画逆推，信意创作，兴之所至，加减笔画，前无古人，自成一家，至指黑眉重，墨点满身，亦且淋漓之致"。这是他对孩子们的描述，推崇孩子们的这种创造性。

八、"只有两件快活事：用自己知识和得知识"

老舍先生早年在《赵子曰》和《二马》两部长篇小说里猛烈地批判了当时的一些大学生，认为他们一是脑子里没有国家观念，只想自己做官，二是虚度年华，不好好用功，没有真本事。他说："好歹活着的态度是最贱，最没有出息的态度，是人类的羞耻！"还说："新青年最高的目的是为国家社会做点事。为国家死是在中国史上加上极光明的一页！"

　　老舍先生反对青年人好高骛远，主张由小事做起，脚踏实地，干文艺的要从写好一首快板做起，任何事物只要钻进去，都会出成绩，都会出真学问，反对"难得糊涂"，他说："难得糊涂最为不通，要精明而诚直，斯可贵矣！对什么事都应细细地研究，得知识，用知识，为了国家。"

　　人类应该把自己最美好的东西——人类的智慧——献给儿童。老舍先生用自己的实践再一次说明了这一点。这件事本身，便是一份遗产。

（原载1995年4月28日《光明日报》）

老舍最后的两天

　　最近，我调换了工作，专门负责"老舍故居"的筹建工作和作家著作文献的整理工作。我到职后，第一件事是系统拍摄父亲在北京的足迹。近年来北京建设速度明显加快，估计许多旧房子都会在不久的将来被拆除，因此，需要抓紧时间，抢出一批照片来。这样做，对研究一位生长在北京写了一辈子北京的作家和他的作品来说，大概也是一件有意义的文物档案工作吧。我便约了出版社编辑李君、摄影家张君、老舍研究者王君和我同行，背上照相器材，由我带路，开始奔波在北京的大街小巷之中。

　　有一天，我们来到北郊太平湖遗址，这是父亲结束自己生命的地方。18年前，在一个初秋的夜晚，我曾在这里伴着刚刚离开人世的父亲度过了一个永远难忘的夜晚。18年来，我从来没有再来过这里。因为那个可怕的夜晚永远装在我的脑子里。我害怕看见那里的任何东西。18年前发生的事情比噩梦更可怕，更令人窒息和不寒而栗。我倒盼望着它是一场噩梦，好终究有个结束。可是，那一天发生的事情，偏偏不是梦，而是活生生的事实。我尝够了那事实带来的一切苦味，沉重的、只能认命的、无可挽救的、没有终止的苦味。

我还是来了，为的是留下一个让后人看得见的纪念。这里已经大变样，找不到公园了，找不到湖，找不到树，找不到椅子。18年前的一切，什么都找不到了。现在，这里是一个很大的地铁机务段，外面围着围墙，里面盖了许多敞亮的现代化的高大厂房。在相当原来太平湖后湖的地方，如今是一大块填平了的场地，铺设了一片密密麻麻的铁轨，很整齐地通向各个车库。我们得到允许，在厂内向西走了很长一段路，来到这片路轨旁。一挂崭新的地铁车辆正好由东边的库房中开出来，从我们身旁开过去，不一会儿，它便钻入地下，投入载客运转。看来，这儿是这些车辆的家和真正的起点。意味深长的是，这里就是父亲的归宿和人生的终点。

拍照这天，阳光很好，没有风，周围宁静，车开走之后，这里好像只剩下阳光和路轨，连城市的嘈杂都被隔在墙外。我紧张的心情突然消失，我的神经松弛了。我倒愿意在这儿多待一会儿。我默默地立在阳光之中，看着这路轨，让它把我引向很远很远的地方。

大家都没有说话，张君默默地取了景，按了快门。王君却突然提了一个建议：

"这里应该立一块永久性的短石碑，上面刻着，这是作家老舍的舍身之地。"

他用了"舍身"两个字。

父亲名"庆春"字"舍予"，舍予是舍我的意思。王君的"舍身"两字应了"舍予"的原意。大概，王君是经过了深思熟虑的，所以脱口而出，此时此地此景被他的这两个字包揽无余了。舍予两字是父亲十几岁时为自己取的别名。在字面上，正好把自己的姓——"舒"字——剖为二。他愿意以"舍予"作为自己的人生指南，把自己无私地奉献给这个多难的世界，愿它变得更美好一些，更合人意一些。从此，他认定了"舍予"这条路，在这条路上坚定地走了整整一辈子。

父亲23岁那年，曾向比他更年轻的学生们发表过一次公开讲演。他说，耶稣只负起一个十字架，而我们却应该准备牺牲自己，负起两个十字架：一个是破坏旧世界，另一个是建立新世界。这大概是他的第一个"舍予宣言"。

父亲自己确实提到过一块身后的小石碑，和王君所说的石碑相似，那是1938年的事情。不过，立碑是戏言，表示为国难舍身是真意。

当时，国难当头，文艺家云集武汉三镇，成立了中华全国文艺界抗敌协会，热心肠和任劳任怨的老舍先生当选为总务部主任，相当实际上的会长。有几百名会员的文协，专职职员一开始是萧伯青一人担任，后来是梅林一人担任，其余的人都是尽义务。大家除了写作之外，要开各种各样的会，要联络各地的文艺工作者成立文协分会，要编辑《抗战文艺》杂志，要出版诗歌专刊、英文专刊和抗战文艺丛书，要送通俗读物到各个战场，要义演，要出版《鲁迅全集》，要组织作家上前线……忙得不亦乐乎，干得有声有色。这个时期在中国文化史上恐怕称得上是文人们团结得最好的时期之一。跑路，开会，全是自己掏腰包；谁也没有半句怨言，看到这种生气勃勃的局面，父亲快活得更飞上天。当他以最多的选票当选为文协理事之后，他写了一份《入会誓词》。他庄严地向祖国宣誓，向人民宣誓，向热爱他的同志和朋友宣誓："我是文艺界的一名小卒，十几年来日日夜夜操练在书桌上与小凳之间，笔是枪，把热血洒在纸上。可以自傲的地方，只是我的勤苦，小卒心中没有大将的韬略，可是小卒该做的一切，我确实做到了。……在我入墓的那一天，我愿有人赠给我一块短碑，刻上：文艺界尽责的小卒，睡在这里……你们发令吧，我已准备好出发。生死有什么关系呢，尽了一名小卒的职责就够了！"

父亲又一次讲到"舍身"，是写《入会誓词》的六年之后。那时日寇逼近贵州，大有由南面迂回进攻四川的趋势，重庆各界哗然，纷纷准备再次撤退。友人问父亲作何打算，他痛快地说出了早已想好的答案："我哪儿也不去，北面是滔滔的嘉陵江，那里便是我的归宿！"

但是，真正的"舍身"，却发生在最不应该发生的时间，最不应该发生的地点，最不应该发生的人物，最不应该发生的情节上。

王君所说的小短碑上的"舍身"两字，一下子，把我带回到了18年前的太平湖畔。

我坐在太平湖公园西南角的长椅上，面向东，夕阳照着我的背。四下里一个人也没有。这是公园的终端，再往西便是另一个更大的湖面，不过，已经不是公园了。它们之间没有围墙，只有一条前湖的环湖路和一座小桥把它们相隔，实际上我处在前湖和后湖的交界线上。前湖环湖路外侧栽着许多高大的杨树，树下安设了不少长椅。后湖完全是另外一幅景色，四周没有修整过的环湖路，也没有人工的岸堤。它荒凉、安静、带着野性，甚至有点令人生畏。湖边杂草丛生，有半人多高，一直和水中的芦苇连成一片。再往上则是不很整齐的大垂杨柳，围成一道天然的护墙。游人是不到这里来的，它几乎完全是植物和动物的世界。父亲便躺在这一个世界里。

我回过头来，寻找草丛中小土道上睡着的他，不知道是阳光晃眼，还是眼里有什么东西，我什么也看不清，一片黄，是阳光的黄呢，还是一领破席的黄呢？我不知道。

向我移交的是一位市文联的年轻人，他的身后是父亲的老司机和他的汽车。他们都戴着红袖章。虽然，汽车的主人已经换成这位年轻人了。他们问了我的名字，还要我出示证件。其实，老司机是我家多年的熟人了。年轻人只向我交代了一句话就坐车走了："你必须把他赶快'处理'掉！"还是老司机临走关照了一句重要的话："这里夜间有野狗！"

父亲头朝西，脚朝东，仰天而躺，头挨着青草和小土路。他没有穿外衣制服，脚上是一双千层底的布鞋，没有什么泥土，他的肚子里没有水，经过一整天的日晒，衣服鞋袜早已干了。他没戴眼镜，眼睛是浮肿的。贴身的衣裤已很凌乱，显然受过法医的检验和摆布。他的头上、脖子上、胸口上、手臂上有已经凝固的大块血斑，还有大片大片的青紫色的瘀血。他遍体鳞伤。

前两天，在成贤街的孔庙，他遭受了红卫兵的毒打。那一天，原定在这里焚烧京戏的戏装，无知的狂热的少年们说，这些价值昂贵的戏装都必须由地球上尽早地消灭掉，还要拉两三位文化局的领导干部去挨斗。市文化局和市文联是近邻，拉文化局领导干部的红卫兵顺手牵羊，把市文联的已经被揪出来的文化名人也随便地拉上了车。作为市文联主席的父亲看见所有的好朋友和领导干部都被点了名，他自己主动站了出来。他的正直，或许是他的顶可爱的地方，但是这个顶可爱的正直却要了他的命！一位在现场担任指挥的学生发现了他，大叫："这是老舍！是他们的主席！大反动权威！揪他上车！"其实，那时，父亲刚由医院出来。入夏以来，他心情很坏，一天夜里突然大口吐血，总量竟有大半痰盂。我们半夜送他到北京医院，当夜被留下住院。病愈出院，医生嘱他在家多休养些日子，他却急着上班。命运无情地嘲弄了他的献身精神，他竟以最快的速度直接奔向了生命的终点。这一天便是他出院后上班的第一天——1966年8月23日。

在孔庙发生的可怕事实，已被许多同场的受害幸存者作家们戏剧家们详细地追述过。我也不愿再重述它们。总之，在孔庙，父亲受伤最重，头破血流，白衬衫上淌满了鲜血。他的头被胡乱地缠上了戏装上的白水袖，血竟浸透而出，样子甚可怕。闻讯赶来的北京市副市长，透过人山人海的包围圈，远远地看见了这场骇人听闻的狂虐。他为自己无力保护这位北京市最知名的作家而暗暗叫苦。形势完全失控，狂热的乌合之众就像那把狂舞的冲天大火一样，谁也不知道它会窜向何方。父亲的眼睛在眼镜后面闪着异样的光，这是一股叫人看了由心眼儿里发冷的光。他的脸煞白，只有这目光是烈性的，勇敢的和坚决的，把他的一腔极度悲苦表达得清清楚楚。由一个最有人情味的温文尔雅的中国文人的眼睛里闪出了这直勾勾的呆板的目光，善良的人们全都害怕了。这目光明白无误地告诉人们一个可怕的信息：他只要一闭眼，一低头，他便可以马上离开这发了疯的痛苦世界！

市文联的人被授意设法先期单独接回老舍。谁知此举竟把他一个人由这个大灾难推入了另一个更大更黑的深渊。

市文联里早有一群由数百人组成的红卫兵严阵以待。他们的皮带、拳头、皮靴、口号、唾沫全砸向了他一人。可怜的父亲命在旦夕。一位作家为了暂时的苟安，唆使无知的少年向父亲提了几个挑衅性的问题。父亲冷静地作了实事求是的回答，当然是被认为毫不认罪的。于是，这些尊严的回答犹如火上浇油，再次招来了更加残酷的肉体折磨。

父亲决定不再低头，不再举牌子，也不再说话。他抬起他的头，满是伤痕，满是血迹，满是愤怒，满是尊严的头。

"低头！抬起牌子来！"

父亲使足了最后的微弱的力量将手中的牌子愤然朝地面扔去，牌子碰到了他面前的红卫兵的身上落到了地上。他立即被吞没了……被吞没了……

市文联的人想出一个"妙"计，想把他由红卫兵手中抢出来，他们说他这一拼死的反抗是"现行反革命"，应该把他交到专政机关去法办。于是，经过一番争夺，把他塞进汽车里，送到了附近的派出所。丧失了理智的人群紧紧地包围着汽车，汽车寸步难行，无数拳头敲打着汽车的外壳和玻璃。然而，对这个"现行反革命"的称呼，不论是红卫兵，还是父亲本人，都被认真地无误地领会了，无疑，它彻底地把父亲推向了另一个世界。尾随而来的少年们，其中有不少女孩子，在派出所里不顾所内人员的阻拦又将这位奄奄一息的老人轮番毒打到深夜……

就这样，不到一天的工夫，人民莫名其妙地、突然地、永远地失去了自己喜欢的，被称为"人民艺术家"的作家。

母亲被通知将父亲接回家来。他们互相紧紧地拥抱在一起，挤在一辆三轮车内，凌晨才到家。临走之前，父亲被通知，早上他必须拿着"现行反革命"的牌子前来市文联报到。

第二天，他的确按时去上班了，大概还是拿了那个要拿的牌子，不过，他没有到市文联去。出走之后，他失踪了。

凌晨，入睡之前，在母亲为父亲清理伤口的时候，他们有一次长谈。实际上，这是他们之间的最后一次谈话，称得上是真正的生死之谈。父亲，死的决心已定，但是这一点不便对亲人直言。推心置腹的谈话被若隐若现的暗示搅得更加充满了诀别之情。当父亲脱掉衬衫之后，母亲看见他被打成这般惨状，有心放声大哭，可是她不敢，她帮父亲脱下被血块粘在身上的汗背心，掀不动，她取来热水，用棉花团蘸着热水一点一点地把它浸湿泡软，那背心的棉纱竟深深地陷在肉里。她的手不听使唤了，找不准地方了，因为心颤，手也颤，浑身都在颤。她的心痛，心痛！她的眼泪再也忍不住了。

父亲告诉她："人民是理解我的！党和毛主席是理解我的！总理是最了解我的！"

他真是一个好人！吃了这么大的委屈，遭了这么深的折磨，他却说出了这么知己的话！

天下，到哪里去找，这样真诚而善良的朋友啊！

天下，到哪里去找，这样牢固而纯一的信赖啊！

父亲劝母亲去忙自己的事，不用管他，他绝不会出事。清晨，他硬是把她推出了门，她真的上班去了。母亲前脚走，不一会儿，父亲也出了门。

出大门之前，父亲走到我的女儿、他的三岁的心爱的孙女窗前，郑重地向她道别。当时，家里的亲人只剩下她小小的一个，还有一位年迈的老保姆看护着她。爷爷把孙女唤出来，俯下身来，拉着她的小手，轻轻地慢慢地，对她说："和爷爷说再——见——！"女孩子奇怪地看着爷爷，不明白爷爷今天这是怎么了，干吗要来和她握手，干吗要来和她说"再见"，干吗要一个字一个字地吐音……

父亲，这是在向亲人告别，向所有爱他的人告别，向他爱了一辈子和写了一辈子的老百姓告别。他和小孙女的对话是他一生的最后一句话。他把这句最后的话，依依不舍地，留给了一个天真无邪的孩子。

我的女儿一点儿也不明白爷爷的用意。她应该拉住他，她应该大声地叫："爷爷！你别走！叫爸爸回来！叫姑姑们回来！他们会把你藏起来！你别走！爷爷！"可是，我的女儿什么也没有喊。她多么应该紧紧地抱住他，亲亲他，吻吻他……她对爷爷，真的说了"再见"！还向他摆摆手。她太小了，随着这一声"再见"，爷爷永远地走了，再也没回来，"再"也"见"不着了。

父亲喜欢这个小女孩，他们爷孙俩，一老一少，常在一起玩。小孙女是唯一可以随便走进老人书房的人，不论在任何时间，都是受欢迎的。有一次，爷爷接见两个英国朋友，小孙女在客厅里玩，老人坐在沙发上把孙女夹在两腿之间，用她的布娃娃轻轻地敲她的头，说："将来，是属于他们的！"在他离家出走的最后时刻，他郑重地向小孙女道别，清醒而理智，心中充满了纯洁，因为，他直接在向"将来"道别。他或许在想：历史的篇章瞬间即过，一切憾事，一切烦恼，都会成为过去，自己的劫数已到，说什么都没用了，走吧。和小孙女拉了手，他走——了。将来，是属于他们的。

父亲走到哪里去了？谁也说不上来。

当我闻讯由单位赶回家来的时候，家里已大乱。由胡同口开始，直到院内、屋内，站满了提着皮带的红卫兵，到处还贴着大字报，他们是来找老舍的，因为他竟然没有到机关去。他们把家里的每一寸土、每一个角落都搜遍了。我发现每间房的顶棚上的检查孔都被破坏了，他们以为老舍藏在房顶上，而且是由不到一尺见方的检查孔中跳上去的！看来，藏是藏不住的，那么，他到哪里去了呢？

鲁莽的少年们，眨着眼睛，终于感到事情有点蹊跷，纷纷溜走了。他们走后，我立即起草了一封信，草草化装了一下，拉着大妹妹，直奔国务院接待站。出来一位负责同志，我把上衣解开，露出见证——穿在父亲身上的昨天留下的衬衫，还有被我缠在腰上的包头用的水袖。他仔细地听了我的陈述，接过信去，说：我们立即报告上去，请你们放心。几小时之后，总理秘书处打电话给母亲，说总理已经接到紧急报告，正在设法寻找老舍先生，一有消息一定立即通知，请等候。

一天一夜就这样过去了，音信全无。又一个上午也在等待中度过了。到了8月25日下午，市文联打电话给我，叫我去一趟。他们拿出一张证明信给我，上面写着："我会（指文学艺术联合会）舒舍予自绝于人民，特此证明。"他们用了几乎整整一天的时间推敲定性，现在重要的事情，对他们来说，无非是推脱责任了。让我立即到德胜门西边豁口外太平湖去处理后事。他们还说：最好不要把此事告诉母亲。看得出来，他们觉得事情严重。

当老司机嘱咐我当心太平湖有野狗之后，我向那位年轻人提出：请他们回机关后立即通知我母亲，说我在太平湖等她。于是，我便坐下来，一边看守着死去的父亲，一边等母亲的到来。

父亲是怎样走到太平湖来的？一个谜。为什么要到太平湖来？又是一个谜。我坐在湖边，百思不解。

父亲是清晨在后湖中被发现的。一位住在附近的演员到湖边来锻炼身体，发现水中有人，离开湖边顶多有十几步。演员看见的是一点点露出水面的后脑部。演员跑去喊人，附近没人，只有远处有几户湖边的渔民。人们终于七手八脚地把他打捞上来，放在岸边。他的全身已经很凉很凉。人们发现岸边放着他的上衣制服、眼镜、手杖和钢笔，制服口袋里有工作证，上面写着他的名字和职务，围观的人们哗然，整个上午和中午，这里人山人海，当天，消息很快传遍了北京城外的西北角。市文联的人、地段派出所的人和法医都到了现场，不知是谁找来一领破席，把他盖了起来。

据公园看门人说，头一天（指8月24日），这位老人在这里一个人坐了一整天，由上午到晚上，整整一天，几乎没动过。估计，悲剧的终了是发生在午夜。老人手里还拿了一卷纸。清晨，湖面上的确漂浮着一些纸张。纸张也被小心地打捞了上来，是手抄的毛主席诗词，字有核桃般大小，是很工整的老舍特有的毛笔字。字里行间还有没有现场写的什么遗言留下来，则又是一个更大的谜。因为他有纸、有笔，有一整天时间，有思想，有话要说，而且他是"写家"。市文联的人后来把制服、钢笔、眼镜、手杖都还给了我们，唯独始终没有让我们看过这些纸。

太平湖是个偏僻的小公园，没有名气，又不收门票，游人稀少。由父亲开始，短短的一个星期之内，它竟成为殉难者的圣地，有成十上百的人在这里投湖。

太平湖没有进入父亲的著作，我翻遍了他的书也没有找到，虽然他的作品绝大部分都是以北京的实际地名为背景。但是，我知道，他熟悉这一带。1920年9月至1922年9月，整整两年的时间，刚过20岁的舒庆春曾任外城北郊劝学员，他的办公处就设在德胜门外关厢华严寺内。他负责管理散布在西直门外、德胜门外、安定门外和东直门外的所有私塾。他当时走遍了乡间各村。是不是在那个时候他就熟悉了太平湖呢？大概是肯定的。大家都知道：他的第一部长篇小说《老张的哲学》写的就是德胜门外。人和历史一样，有的时候，糊里糊涂，要走点小圆圈，周而复始，又回到了原处，虽然是螺旋式上升，但终究有点重演的味道。父亲是以写在德胜门外发生的故事而成名的，过了近50年后，他本人又还是在德胜门外，销声匿迹。

太平湖悲剧发生12年后，有一次，我偶然打开一张解放前的北京老地图，竟一下子找到了父亲去太平湖的答案。太平湖正好位于北京旧城墙外的西北角，和城内的西直门大街西北角的观音庵胡同很近很近，两者几乎是隔着一道城墙、一条护城河而遥遥相对，从地图上看，两者简直就是近在咫尺。观音庵是我祖母晚年的住地，她在这里住了近十年，房子是父亲为她买的，共有十间大北房。她老人家是1942年夏天在这里去世的。我恍然大悟：父亲去找自己可爱的老母了。

67年之后，父亲又回到了他的老妈妈的脚下，把生命奉还给她，是对她的生命的教育的一种感恩和总结吧。

　　父亲去世之后，立刻传出种种有关他的死的说法，对他的死的方式和他的死的原因也有种种猜测。日本作家对父亲死的悲剧极为震惊。在他们的笔下父亲仍然活着。就在"四人帮"横行的时候，水上勉、井上靖等作家就已经公开写文章怀念他了。父亲的朋友、作家井上靖先生1970年写了一篇叫作《壶》的著名文章，实际上是在探讨父亲的死。他的文章提到，日本老作家、尊敬的广津先生对中国人宁肯把价值连城的宝壶摔得粉碎也不肯给那富人去保存表示不以为然，但是，当父亲去世的消息传到日本之后，井上靖先生终于清楚地领悟了当年父亲讲给他们听的这个故事中那个中国穷人的气质。日本女作家有吉佐和子也专门写了一篇叫作《老舍先生死的谜》的长文。日本作家开高健以父亲的死为题材写了一篇叫作《玉碎》的小说，荣获了1979年度的川端康成奖。他们都真诚地期望在父亲的悲剧里找到一些人生的哲理。

　　巴金先生多次在近年写的《随想录》中谈到父亲的死。他以为对父亲的惨死绝不能无动于衷，他说"老舍同志是中国知识分子最好的典型"，一定要从他的死中找到教训。有一位好心人对他说："不要纠缠在过去吧，要向前看，往前跑啊！"可是他却固执地说："过去的事我偏偏记得很牢。"巴金先生在《怀念老舍同志》一文中写

189

道："我想起他那句'遗言'——'我爱咱们的国呀，可是谁爱我呢？'我会紧紧地捏住他的手，对他说：'我们都爱你，没有人会忘记你，你要在中国人民中间永远地活下去！'"巴金先生1979年12月15日还说过："虽然到今天我还没弄明白，老舍同志的结局是自杀还是被杀，是含恨投湖还是受迫害致死，但是有一点是可以肯定的：人亡壶全，他把最美好的东西留下来了。"

我前不久读了黄裳同志写的一篇文章，记述不久以前他和巴金先生谈天，他们又谈到老舍的死，黄裳说了一句："换了我就出不了这种事。"巴金先生听了喝道："你吹牛！"黄裳写道，巴金先生说此话时，"声音低沉而严厉，这是少见的。"

对于我来说，父亲的死，使我感到非常突然，迅雷不及掩耳，而且，使我的处境非常糟糕，但是事情发生之后，我没有怀疑过：对他来说，会有不同于太平湖的第二种结局。

18年前，当我一个人守在父亲身旁的时候，我就认了命，我深信，在"文革"中，对他来说，只能有这么个"舍予"式的结局。而且，就在我坐在太平湖的椅子上的时候，我已经能够找到一些事先的征候，虽然，在此之前，我从未认真地对待过它们。

记得，在事情发生的前几天，有一个星期天，我回到家中，曾和父亲谈起当时的形势。当时，"文革"尚处于刚刚发起的阶段，预见到它的恶果还十分困难，但是从父亲的谈话里已经可以听到不少担忧。后来的发展证明，那些糟糕的事，绝大部分都不幸被他言中。

他说：欧洲历史上的"文化革命"，实际上，对文化和文物的破坏都是极为严重的。

他说：我不会把小瓶小罐和字画收起来，它们不是革命的对象，我本人也不是革命的对象。破"四旧"，斗这砸那，是谁给这些孩子这么大的权力？

他说：又要死人啦，特别是烈性的人和清白的人。说到这里，他说了两位在前几次运动中由于不堪污辱而一头扎进什刹海的例子。他为什么要说这两个例子，我当时一点也没有思索。事后想起来，听者无心，言者却是动了脑子的。

更有甚者，父亲1945年在长篇小说《四世同堂》里写过一个叫祁天佑的老人，他的死法和父亲自己的死法竟是惊人的一模一样，好像他早在20年前就为自己的死设计好了模式。

乍一看，这些说法和模式的出现，只是表面的孤立的偶然的现象，即使有相似之处，也是不可思议的。但这些话和这些文字毕竟都出自他一个人的嘴和一个人的笔，我想，这只能证明，什么事情在他的心里确实是有一条明显的界限，到了超越这个界限的时候，他自有一套既定的办法。而且，我以为，对父亲这样的宁折不弯的硬汉子，就是躲过了8月23日，他也躲不过9月23日或者10月23日，更不要说长达十年之久的大内乱了。世界上，就有这样的硬汉和不可辱之士！我感到内疚的是：不管有用没用，我没能抓住那些端倪，说上哪怕一句半句开导他的话。我信任他，崇敬他，我没有资格对他说三道四。看起来，我还不完全了解他。这使我感到痛心，遗憾终生。

那一夜，我不知道在椅子上坐了多久，天早就黑了，周围是漆黑一团。公园里没有路灯，天上没有月亮和星星。整个公园里，大概就剩我们父子二人，一死一活。天下起雨来，是蒙蒙细雨，我没动。时间长了，顺着我的脸流下来的是雨水，是泪水，我分不清。我爱这雨，它使我不必掩盖我的泪。我爱这雨，它能陪着我哭。我只是感到有点冷。我开始可怜起父亲来。算起来，他整整两天两夜没吃过东西，没喝过水。他大概也像我这样，在这里，呆呆地坐过一整天和半个夜晚，而这一整天和半个夜晚他是怎么过的呢？他的思想该有多复杂，多痛苦，多矛盾。他一闭眼，也许一生都会呈现在他的面前，他一睁眼，又会什么都不是，一片空白。我不敢往下想，可是又驱散不了这些想法，于是，想想停停，越来越混乱，最后只剩下替他感到难受。

街上已经没有什么车辆行驶的声音了，我想，母亲也许应该来了，我便站起来跑到大街上迎她。谁知，就在这当儿，母亲和火葬场的人一同坐着车到了太平湖，她不知道父亲躺在什么地方，她便喊着我的名字往后湖的方向走。她的急切的嗓音感动了公园看门人，经他指点才算把父亲抬上了去火葬场的车。等我赶到火葬场补办手续的时候，两位办手续的姑娘看着我递过去的"证明书"说："人大代表和全国政协常委一级的人，他是这样被处理的第一位。"所谓"这样处理"，就是不得保留骨灰。

就在父亲被彻底遗弃，甚至连骨灰也一起被遗弃的同时，国外在对父亲的遭遇完全不知情的情况下，准备授予他一项威望很高的文学奖。后来，父亲已经离开人世的消息被证实，这项文学奖授给了另一位健在的杰出文学家，依然是一位亚洲人。消息传来，人们又一次痛感：老舍先生的死的分量是多么沉重。

直到死，父亲并不认为自己有什么问题。他心中所关心的，并不是后来被随心所欲地到处乱扣的那些大帽子，而是对人民的态度。他认为，在这个问题上，自己是无愧的。他用死去证明了这一点。

在父亲去世的前20多天，在人民大会堂，父亲遇见巴金先生，他郑重其事地向巴金先生说："请告诉上海的朋友们，我没有问题！"他是怀着这样的信念参加运动的，同样，怀着这样的信念，他迎接了8月23日的风暴。正是几个字构成了活跃在父亲大脑中的最后几个字。

说来奇怪，就父亲的作品而言，越是他偏爱的、珍惜的、下过大力的、有广泛影响的，受到的抨击往往越严重，大部分还是来自朋友方面，而且由来已久。在一般情况下，父亲总是自责，因为他是一个非常谦虚的人，从不说什么过满的话，特别是对自己的作品。他常常毫不掩饰地承认自己的失败，爱说："我也糟糕。"这话，从另一方面看，说明他是个正直的和相当自信的人。他是凭自己的观察来判断是非的，决定取批判、鞭挞或者同情、歌颂的态度。随着思想的成熟，从30年代初开始，他不再写那些单薄的理想化的人物，也不再用简单的杀富济贫或者铲除一两个混世魔王来解决冲突，他开始涉及复杂的社会现象，想从更深的历史发展中清理出一些头绪来，进而向旧的伦理道德、旧的思想意识和传统观念和决定它们的社会制度进攻。他写人们的长处，也写短处，很善于用生动的言语和人物形象把那些最坏的、埋得最深的、最致命的弱点和劣根刨出来，剥给大家看。就像他写祥子一样，一方面，他写祥子的体面、要强，好梦想、坚强、伟大；另一方面，他又写了祥子的堕落、自私、不幸，写他是个社会病态里的产儿，是个个人主义的末路鬼。他最终否定了祥子，觉得只有这样，中国才有救，才能变得真可爱！

　　8月24日，当父亲在湖边坐着的时候，最折磨他的，与其说是皮肉的疼痛和人格的受辱，还不如说是不被人们所理解。经过一整天和半个夜晚的思索，他的结论大概依然是那两句话，"我没有问题！""人民是理解我的！"于是，他决心实践那向小孙女说过的"再——见！"向静静的湖水走去……

父亲的死，是场悲剧，他的舍身反抗精神，他的悲壮气概，在那非正常的特殊条件下，有着巨大的震撼力量。他的死，抛出了一串大大的问号和一串更大的惊叹号。

那天，当我和我的朋友们拍照完父亲舍身之地走出太平湖遗址的时候，城市的喧闹重新包围了我们，阳光斜照着德胜门楼，我突然想起了《茶馆》的结尾。王老掌柜和父亲自己的结局有着惊人的相似之处，还有那舞台上象征着转机的阳光和眼前的阳光也是何等的酷似，我吐了一口长气，踏踏实实地感到：悲剧终于完结了。

再谈老舍之死

前一段时间，到台湾去，在老舍先生的有关问题上，发现台湾人对老舍之死普遍感兴趣，但所知甚少，基本上停留在我们十多年前的认识水平上，所争论的问题，也是我们早已解决了的。

在台北举行的两岸文学座谈会上，台湾作家姜穆先生发言，说他一直认为老舍先生之死是他杀所致，理由有三：一、他死后腹中无水；二、脚下无泥；三、鞋袜都在岸上，结论是他并非自杀，而是被谋杀之后将尸体运来摆在了太平湖边。

我当时在会上说：这个问题早已有了一致的看法。其大背景是"文革"的残酷迫害，具体死因是投水自杀。我举了五点理由，略加说明，并说我写过两篇比较详细的文章，可以参考，一篇叫《父亲最后两天》，另一篇叫《死的呼唤》，台湾方面也早就有了盗印本。

会上没有来得及展开讨论。看来，我并没有说服姜穆先生。我回北京后，看到他发表了一篇为《被"文革"烤"文火"——老舍真是自杀？》的文章，还是重复了"他杀"的说法，这才使我觉得，问题并非那么简单，还是有再讨论的必要。

其实，"他杀"和"自杀"的讨论之所以必要，与其说对解开老舍之死的谜至关重要，还不如说，这个问题的解决对了解老舍这个人更有意义。

冰心先生如是说——特质

一次和冰心先生聊天，她突然冒出一句："我知道你爸，一定是跳河而死！"我问："您怎么知道？"她不假思索地说："他的作品里全写着呢，好人自杀的多，跳河的多。"

像《四世同堂》中里的第二代，祁天佑老爷子，受辱后，没回家，直接走到西直门外，一头扎进护城河里。

像《茶馆》里的王掌柜，受尽人间折磨之后，说了一串耐人寻味的话，诸如对小孙女说："来，再叫爷爷看看！""跟爷爷说再见！""万一我一晚上就死了呢！"最后上吊而亡。

像《猫城记》里的小蝎子和大鹰，后者把自己的头割下悬挂在大街上，为了唤醒群众。

像《火葬》里的王排长和石排长，前者重伤后举枪自尽，后者用尽了子弹，放火自焚。

像《老张的哲学》，这是老舍先生的第一部长篇小说，写它的时候，作者不过26岁，它的女主人叫李静，是一位文静、可爱的姑娘，最后也是自杀而死。

写李静自杀之前，小说中有这么一段伏笔：

人们当危患临头的时候，往往仅想到极不要紧或玄妙的地方去，要跳河自尽的对着水不但是哭，也笑，而且有时候问：宇宙是什么？命是什么？……那自问自答的结果，更坚定了他要死的心。

这里说的是自尽，而且偏偏是跳河。

冰心先生的话极对，极准确。她深知老舍先生。他们是老朋友，知根知底的。

一个作家的作品主人公的命运和他本人的命运，当然用不着画等号；但是，这些描写毕竟是他本人思维的产物，所以，作家本人的身世往往会在他笔下的人物身上找到某些痕迹来，这倒是不容忽视的参照系。从这个角度上看，作品是作家命运的相当可靠的"预报器"。毕竟，作品是作家的第六感。它们来自他，由他而生，和他有着看不见摸不着而确实存在的内在的联系线。

气节、身谏、投水、殉难

　　如果仔细找的话，在老舍先生的自述中，主要是散文、书信中，还可以找到不少独白性的描述。

　　这些独白，是地地道道的他的思想的反映，是他的生死观，是他的人生哲学。它们极为重要，实际上，是理解老舍结局的钥匙。

　　1941年，抗战中，文人们建议设诗人节，还真成功了，为此老舍先生写了一篇《诗人》的小文，发表在当年5月31日的《新蜀报》上，那里面有这么一段话，是谈诗人特质的：

　　他的眼要看真理，要看山川之美；他的心要世界进步，要人人幸福。他的居心与圣哲相同，恐怕就不屑于，或来不及再管衣衫的破烂，或见人必须作揖问好了。所以他被称为狂士、疯子。这狂士对那些小小的举动可以无关宏旨而忽略，对大事就一点也不放松，在别人正兴高采烈、歌舞升平的时节，他会极不得人心地来警告大家。大家笑得正欢，他会痛哭流涕。及至社会上真有了祸患，他会以身谏，他投水，他殉难！

　　这最后一句话，简直是在说自己了——及至社会上真有了祸患，他会以身谏，他投水，他殉难！

实在是太准确了，就是这么一回事。

我见过不少好心的朋友，他们对我说：老先生性子太烈，其实，忍一忍，躲一躲，过了那可怕的几天，也就闯过来了。

听到这儿，我总直截了当地反驳道：您不了解他，不会的。他必死无疑。过了8月24日，活不到9月24日，活过了9月24日，活不过第二年的9月24日！

他的气质，他的性格，他的信念，决定了他的命。

1944年，抗战最艰苦的时候，日军欲从贵州独山方向包围偷袭重庆，重庆方面哗然，纷纷准备再向西撤，向西康方向逃。友人萧伯青问老舍："您怎么办？"他脱口而出："北面是滔滔的嘉陵江，那里便是我的归宿！"

此话传出后，朋友们纷纷写信询问虚实，老舍先生在给王冶秋先生的信中是这么回答的：跳江之计是句实谈，也是句实话。假若不幸敌人真攻进来，我们有什么地方、方法，可跑呢？蓬子说可同他的家眷暂避到广安去，广安有什么安全？丝毫也看不出！不用再跑了，坐等为妙；嘉陵江又近又没盖儿！

嘉陵江又近又没盖儿！

这是中国有气节的文人的一个含泪的惨笑，俏皮、悲壮、悲愤，十足的老舍味儿。

千万不要以为老舍先生是一个轻视生命的人，似乎动不动就要舍去了自己的生命，不是这样。大敌当前，他是准备拼命的。他的这种誓言，可以找到几十万字。他是最大的"抗战派"，而且是个拼命的、务实的抗战派。他舍妻弃子只身逃出济南，来到武汉、重庆，投入抗战的洪流中，当了中华全国文艺界抗敌协会的总负责人。只有在夜深人静时，想家想亲人，暗暗地落泪。他在1938年3月15日深夜10点写给陶亢德先生的信里说：

> 我想念我的妻与儿女。我觉得太对不起他们。可是在无可奈何中，我感谢她。我必须拼命地去做事，好对得起她。男女间的关系，是含泪相誓，各有珍重，为国效劳。男儿是兵，女子也是兵，都须把最崇高的情绪生活献给这血雨刀山的大时代，夫不属于妻，妻不属于夫，他与她都属于国家。

这样的信充满了情，充满了对生活的眷恋，是生命的赞歌。

当这样一位有情有趣有血有肉的人说他要去自杀时，显然，是发生天大的事，或者，有一件天大的事占据了他整个脑海。

这事，便是气节。

老舍先生有一段类似格言的话，写在抗战刚刚结束时，发表在一篇叫作《痴人》的短文里：

谁知道这气节有多大用处呢？但是，为了我们自己，为了民族的正气，我们，宁贫死、病死，或被杀，也不能轻易地丢失了它。在过去的八年中，我们把死看成生，把侵略者与威胁利诱都看成仇敌，就是为了这一点气节。我们似乎很愚傻。但是世界上最良最善的事差不多都是傻人干出来的啊！

　　这老舍式的格言真的伴随着老舍先生自己走完了他一生，为他的生命画了一个完整的、圆圆的句号。

是非判断、独立思考

　　气节也好，投水也好，殉难也好，身谏也好，前提：是非判断。而是非判断的前提是独立思考，舍此便没有一切。

　　老舍先生是"文革"最早的殉难者之一。

　　一个合理的问题：那么早，他能看出有问题吗？

　　要知道，当时绝大部分人对"文革"是看不清楚的，相反，都心悦诚服地、虔诚地跟着领袖走，以为自己是错的，以为自己写的东西是毒草，自己需要彻底改造。在作家群中，大概只有茅盾先生，凭借他丰富的党内经历，有不同的是非判断，断然采取不参加、不合作的态度，他的老资格地位对他也有天然的保护作用。他的情况可以算是少而又少的例外了。

那么，老舍先生呢？

他从一开始就保持了清醒的头脑，对"文革"持断然不同看法。这很奇特。但这是事实。

1966年8月21日，是星期日。这一天，我回过家，和大妹舒雨一起，和父亲有过一次认真的谈话。

这一天，离他挨斗的8月23日只相隔两天，离他自杀的8月24日只相隔三天。

是地道的家庭式的聊天。

我那一年已经31岁，大妹29岁，我们和父亲的谈话是大人和大人之间的谈话。我们在父亲的眼里，从来都是孩子；但是，在外表上，他从来都不把我们当孩子，这大概是他受外国的影响，早早地就以一个平等的身份对待我们，和我们行握手礼，直呼我们的学名，不再叫小名，好像暗示我们：你是一个独立的存在，我尊重你。

他这个五四时代人，有根深蒂固的民主思想，他的名言是："不许小孩说话，造成不少的家庭小革命者。"

那天的谈话是由"红卫兵"上街扫"四旧"说起的。"八一八"毛泽东接见红卫兵之后，"扫四旧"风起云涌。我们便谈些街上的事情给父亲听，譬如说王府井大街老字号的店匾已被砸，连"四联"理发店里的大镜子都被学生贴上了大白纸，不准照，理发照镜子都成了资产阶级的臭毛病。

舒雨说："爸，您还不把您的小玩意儿先收起来？"小玩意者，摆在客厅多宝槅里的小古董、小古玩也，它们可能也是"四旧"吧。

父亲不容她说下去，斩钉截铁地说了五个字："不，我绝不收！"

以后的话，都是他的。

思绪由他头脑中飞出，连连续续，大概是深思熟虑的，观点非常鲜明，并不费力，好像厨房中备好的菜肴，一会儿端出一盘来。我和大妹只有接受的份儿，完全无法插嘴。在他这段思想和那段思想之间便出现了冷场，房里安静得有些异常，反而加深了我们的印象。

"是谁给他们的权力？"

……"历史上，外国的文化革命，从来都是破坏文化的，文化遭到了大损害。"

……"又要死人了！"

……"尤其是那些刚烈而清白的人。"

他说了两位他的老朋友的故事，都是真实的故事。

一位死于"三反""五反"运动，另一位死于"镇反"运动。他说的时候有名有姓，可惜，我们都记不住，都是并没有正式反到他们身上，只是有了一点点端倪，也就是刚刚对他们有所暗示，有所怀疑吧，结果，两位都是在各自回家的路上，一头扎进了什刹海。

都是自杀。

都是投水。

都是身谏。

都是殉难。

都是刚烈。

都是清白。

都是抗议。

什么叫听者无心，说者有意？这是最好最好的例子。这方话音未落，他便死去了。事实，便是如此。

凑巧得很，父亲失踪的消息，偏偏是我首先知道的，我立刻首先告诉了大妹，我们交换了眼光，我们也偷偷地交换了看法：他去了。

因为，我们立刻想起了三天前他明明白白说过的话。他等于已经告诉了我们。

果然，24日早上在太平湖里找到了他的尸体。

他的衣服、手杖、眼镜都齐整地放在岸上，他一步一步踏着芦苇叶和水草走向湖水，让湖水吞没了自己，呛水而亡，离岸边大概也不过十米远。他的口袋里有他的名片，写着他的名字：舒舍予，老舍。

我由第一秒钟起，便绝对相信：他在受尽一天一夜的残暴殴打、奇耻大辱和进行了惊心动魄的刚烈的直接反抗之后，投水自杀。

没有第二种选择。或者，反过来说，如果有第二种选择，那绝不是他！

因为，他早已为自己设计好了结局。

他喜欢这个新政权，认为它是替老百姓谋利益的，觉得它比旧政权强很多。他尊敬毛泽东，他和周恩来是非常好的朋友。他把自己当成这个新政权的主人，以极大的热情和喜悦埋头写作，成为受人民爱戴和尊敬的"人民艺术家"，而且是唯一有正式奖状的。

但是，他有独立思考的能力和习惯。这和他先后十年生活在国外不无关系，他见识比较广，读的、见的都多，站得比较高。

记得苏联赫鲁晓夫把马林科夫、莫洛托夫、伏罗希洛夫、卡冈诺维奇打成"反党集团"的时候，中共中央立刻发表声明表示支持，并要求文化名人也就此表态，问到老舍先生，他居然来了这么一句：

"慢慢瞧吧，历史会下结论的。"

直到不久以前，我才知道：1959年的"拔白旗"运动，北京市确定了两面大"白旗"，一面是焦菊隐先生，另一面便是老舍先生。报纸上的一整版针对老舍的批判稿都排好了版，有人亲眼见到了。后来不知道是谁发了话，临时变了卦，把老舍压了下来，只"拔"了焦先生。闹了半天，他的独立思考，他的是非判断标准早已把他自己划入了敌人的一方。

这么看来，太平湖中的一幕，只能是必然的了。

他曾到过什刹海

1987年2月18日，我曾有机会访问了马松亭大阿訇，他告诉了我一些非常重要的细节。

马松亭老人和老舍先生是多年的老朋友，友谊可以一直追溯20世纪30年代初，在济南。抗战时，马阿訇主持重庆大清真寺的教务，并组织回教救国协会，和老舍先生也发生过很密切的交往。应回教救国会的请求，老舍先生和宋之的先生创作了话剧《国家至上》，曾在后方许多地方上演。主演的女演员张瑞芳曾被回民亲切地叫作"我们的张瑞芳"。

马松亭老人1957年被错误地打成"右派"，思绪低落，生活处境也很凄凉。"文革"初起，老人更是不安，常常闷坐在河边，一坐便是半天。

8月初的一天，他和夫人又来到什刹海岸边，闷闷不乐地坐到黄昏。突然，一抬头，他看见老舍先生独自一人拄着手杖慢慢地沿着岸边迎面走来。马老人拉他一起坐一坐。

老舍先生一开口，就让马老夫妇大吃一惊。他非常坦率。他说他想不通，很苦闷，要"走"。

"马大哥，咱哥儿俩兴许见不着了！"老舍拉着老人的手，掏了心窝子。面对多年不见的老兄弟，他完全无顾忌，反而能对面直说。

马老人无言以对，站起来和他同行，送了他一程。

老舍先生说："你们回家吧，我走啦……"

什刹海离家还有一段距离，除非专门来，并不顺脚。老舍先生是专门来的。他似乎在选择自己的归宿地。

马老人和夫人的回忆使我震惊，当风暴还未刮到他的头发上时，他已经做好结束自己生命的一切准备，包括方式、地点。

马松亭大阿訇的回忆把老舍之死的谜团里的那最后一点残雾彻底地吹散了。

它说明，投水只不过是最后的一笔，图画的大框架却是早已勾勒好了的。

它说明，人比动物不知道要伟大多少，因为人能计划和安排自己的死。

它说明，士不可辱和宁折不弯并不能全部概括他的死。

全只因为，他是一个极清醒的人。他看到了灾难，不光是对他一个人的灾难。

他最后选择了太平湖，一个不出名的城外的野湖，是渔民养鱼和打鱼的地方。他对太平湖很熟。这里很安静，没有游人。

这一切，都是旁人无法替他安排的。

他的好朋友巴金先生、冰心先生，还有许多其他的人，得知这一消息后，放声痛哭过，国外的文学家率先写了悼念他的文章和小说，瑞典人在不知情的情况下甚至准备给他颁发诺贝尔文学奖。可是，这一切，他都不知道了，他走了，实现了他的哲学——当发生祸患时，身谏，投水，殉难。

这个悲壮而凄惨的选择，至今，还震撼着人们的心，让一切善良的人们想起来便潸然泪下……并终于在酸楚中慢慢明白了他的死的全部分量。

1994年6月5日于北京

老舍和胡絜青的墓

在圣彼得堡、莫斯科、伦敦、巴黎、华盛顿等大城市，文化名人葬地是旅游热点，是极有文化品位的瞻仰地点，不管是在什么时间和气候下，一年四季，游人如织，络绎不绝，绝对是必看的项目。

在我们这里，只有古代的帝王陵园因为是历史文物单位而有这种荣耀。但像北京八宝山革命公墓这么重要的陵园，却常年冷冷清清，少有人前往参观。究其原因，和我们多年形成的独特墓葬文化不无关系。譬如说，我们一直把重要的墓地只当作思想教育的阵地，而不当作文化艺术的欣赏和凭吊场合。又譬如，我们一直是按行政级别来安排墓地的位置，和以人为本的平等思想有着较大的差距。还譬如，我们的墓地设计比较单一，几乎是一个模式，单调呆板，不甚好看，除了家属之外，对外人完全没有流连忘返的吸引力。

这些，大都是需要往前发展和改进的。

的确，前些年，北京八宝山革命公墓里悄悄地发生了一些变化。安放在"一室"里的已故中央首长的骨灰纷纷移到了室外，在革命公墓的东侧，在任弼时、瞿秋白、张澜墓的下方，分别埋在树下，并渐渐做了一些相对朴素的墓碑。

这个变化有一个明显的好处：让普通人可以走近这些领导人的墓地，去凭吊，去祭奠，去献花。

胡絜青先生病逝于2001年5月21日。她的骨灰盒一直摆放在家里。孩子们有个想法，何不将她的骨灰盒和老舍先生的骨灰盒找一个合适的地方合葬在一起。这个想法和八宝山革命公墓的负责人交流了一下，他们表示理解。老舍先生的骨灰安放仪式是1978年6月3日在八宝山革命公墓隆重举行的。以后其骨灰盒一直安放在革命公墓"一室"。前去祭奠要凭家属证，一般人是不能进去的。

当时，还提出了两个想法：一、由家属自行设计一个别致的墓地，有一定的艺术品位，精致、小巧、朴素，有个性、有寓意，搞好了可以起个带头作用，让以后的名人陵墓都渐渐向艺术陵墓发展；二、一切费用，包括土地费，由家属出。

实际，调查研究自80年代初就已开始了，参观了许多国外著名文人的墓地，照了相，参考了不少书籍，还几乎找遍了北京境内的文人墓地。

征得市领导部门的同意，这个计划得到了正式批准，开始启动。

那是2005年。

由设计到施工，经过连续15次到八宝山革命公墓现场直接参与，终于，在当年8月23日陵墓正式落成，并举行了有300多人参加的小型揭幕仪式。

这个陵墓位于八宝山革命公墓东部一墓区，在由北面数起的50年代老墓的第二行的最东头，占地九平方米。这一行原是50年代的已故文人墓地，有蓝公武、彭泽民、柳亚子、梁希，还有越南的黄文欢。其北边是谭平山。编号为"地字组11号"。

墓地的北侧和东侧用白汉玉石块筑两扇矮墙，呈90度角，有1.2米高，厚30厘米。北边的墙上刻着老舍先生和胡絜青先生的名字，用各自的签名笔体，还有他们生年卒月。东边的墙上用一朵胡絜青先生画的大菊花的浅浮雕做衬底，其上再刻上一句老舍先生的话："文艺界尽责的小卒，睡在这里。"墙上所有的字都用绿漆描绘，以期醒目。

1938年3月27日在武汉成立全国文艺界抗敌协会时，老舍先生写过一篇《入会誓词》，里面有这样的话："我是文艺界的一名小卒……可是小卒该做的一切，我确实做到了。全国文艺界抗敌协会成立了，这是新的机械化部队。我这名小卒居然也被收容，也能随着出师必捷的部队去作战，腰间至少也有几个手榴弹呀！我没有特长，只希望把这几个手榴弹砸碎些暴敌的头颅。生死有什么关系呢，尽了一名小卒的职责就够了！在我入墓的那一天，我愿有人赠给我一块短碑，刻上："文艺界尽责的小卒，睡在这里……'"

这段誓词或许最能代表老舍先生的人生观、生死观。

在矮墙内，在地面上，用厚七厘米的墨绿色的花岗岩抛光石板铺地，在其左下角请雕塑家孙家钵教授雕一面老舍先生的浮雕铜质侧面头像，直接镶贴在石上，然后，以头像为圆心，浅浅地在石头表面刻上一圈一圈逐渐扩大的同心圆，宛如漪澜。

墨绿花岗岩下面是墓穴。

老舍先生不幸去世后是没有被允许保留骨灰的。在他的骨灰盒里代替骨灰的是他的一副眼镜、一支钢笔、一支毛笔、一筒茉莉茶花和一小片被保留下来的他的血衣残片。

邓小平同志重新主持工作后，在1977年8月3日对老舍先生的平反有一段专门的批示："对老舍这样有影响的有代表性的人，应当珍视，由统战部或北京市委作出结论均可，不可拖延。"这样，才有了十个月之后的昭雪平反的"骨灰安放仪式"。那一天，来自全国的最知名的文艺界老朋友600余人前来纪念这位人民艺术家，周边站满了闻讯前来的普通市民，大家一起向他表示深深的敬意和沉痛的惋惜，有人为此而失声痛哭。诗人艾青在大厅的门槛上悄悄地贴了一首小诗，题目叫《追悼会就是庆祝会》。

如今，当年先生的骨灰盒终于和晚他去世35年的夫人的骨灰盒一起入土为安了，像他誓词中所说，"睡"在了这里。

现在常年都有鲜花放在他们的墓上，献花者大多没有署名，不知道是什么人来敬献的。

老舍先生、胡絜青先生生前都十分喜爱鲜花，有绿叶和鲜花相伴，哪怕是一枝青竹叶也许都会让他们微笑。

人民没有忘记他们。

有这样一座墓地，宛如一个象征，家属们，朋友们，研究者们，读者们，后来的孩子们，便有了一个可以纪念老舍先生、胡絜青先生的地方。

20世纪80年代初，日本文豪、日本文化交流协会会长井上靖先生正式以会长身份访华，他提出来要给老舍先生上坟。他们是好朋友，"文革"初起老舍先生不幸去世，消息传到日本，井上靖先生、水上勉先生、开高健先生率先写文章悼念老舍先生。井上靖先生发表了题为《壶》的长文，而且宁肯冒得罪"四人帮"的风险坚持发表。由于没有坟，为满足井上靖先生的好意，曾将老舍先生的骨灰盒由"一室"中取出，在单独的一间小房子里临时布置了一间简单的灵堂。井上靖先生在遗像和骨灰盒前久久地合十默哀。

现在，国际友人也能到老舍墓地上扫墓了。好了，如果井上靖先生还健在，已经有老舍先生的坟了。

盼望出现更多的文化名人艺术陵园吧。何况，清明节又成了法定节日。

由一个喧闹嘈杂的城市中心走进一个安静的文化名人墓地，对，墓地的共同特点是安静，是肃穆，去看那些雕像，去看那些个性化的墓碑和装置，仿佛，去和故人默默地交流，去和历史默默地对话，会让每个人都有一些感触，也许会想得很多很远，总之，会收到一些意想不到的效果，人们还会有心灵上的一些感悟，这很难得啊。

有一天，随着墓地面貌的大改变，去墓地也许会成为首选的热点旅游项目，也许吧。

文化名人墓地，搞好了，就是：

历史的缩影，

辉煌足迹的荟萃，

和

博爱的课堂。